Le sonnet

Anthologie, dossier et notes réalisés par
Dominique Moncond'huy

Lecture d'image par
Alain Jaubert

folioplus
classiques

Dominique Moncond'huy est professeur à l'université de Poitiers. Spécialiste du théâtre du XVIIᵉ siècle (il a réédité des tragédies de Scudéry et de Rotrou) et de la question des relations entre littérature et peinture à la même époque, il s'intéresse aussi à la poésie, notamment contemporaine. Aux éditions Gallimard, il a accompagné la lecture de *Britannicus* de Racine et du *Misanthrope* de Molière dans la collection « La bibliothèque Gallimard », où il a également proposé une introduction aux *Pratiques oulipiennes*.

Alain Jaubert est écrivain et réalisateur. Après avoir été enseignant dans des écoles d'art et journaliste, il est devenu aussi documentariste. Il est l'auteur de nombreux portraits d'écrivains ou de peintres contemporains pour la télévision. Il est également l'auteur-réalisateur de *Palettes*, une série de films diffusée depuis 1990 sur la chaîne Arte et consacrée à la lecture de grands tableaux de l'histoire de la peinture.

Couverture : Anonyme, École de Fontainebleau, *Deux femmes au bain*, dit aussi *Gabrielle d'Estrées et une de ses sœurs*, Musée du Louvre, Paris. Photo © RMN/ René-Gabriel Ojéda.

Sommaire

Le sonnet

(anthologie)

Comme toute autre, cette anthologie est le fruit de choix multiples — souvent difficiles... Subjective, elle n'a pas été pensée comme un florilège des plus beaux sonnets français mais plutôt dans l'intention d'offrir au lecteur un parcours, une promenade dans l'histoire du sonnet en France, l'accent étant porté sur une approche formelle qui témoigne des différents visages qu'a pu revêtir le sonnet ; l'on y croisera donc tout aussi bien des chefs-d'œuvre absolus que des poèmes assurément moins exceptionnels mais significatifs d'un état de la forme, des multiples manières dont les poètes ont pu se l'approprier.

Et comme le sonnet est une forme qui se soucie peu des frontières (dans la pratique française, elle s'origine dans le *Canzoniere* de Pétrarque, par exemple), il nous a paru légitime et nécessaire de faire intervenir ici ou là quelques voix portées par d'autres langues, de ces voix que les poètes français eux-mêmes ont su entendre — ne serait-ce que pour inviter le lecteur à partir à la découverte de ces continents souvent trop mal connus de nos contemporains.

Nous avons pris le parti de moderniser l'orthographe (sauf si la prosodie l'empêche) et la ponctuation.

« Quel est donc l'imbécile [...] qui traite si légèrement le Sonnet et n'en voit pas la beauté pythagorique ? Parce que la forme est contraignante, l'idée jaillit plus intense. Tout va bien au Sonnet, la bouffonnerie, la galanterie, la passion, la rêverie, la méditation philosophique. Il y a là la beauté du métal et du minéral bien travaillés. Avez-vous observé qu'un morceau de ciel, aperçu par un soupirail, ou entre deux cheminées, deux rochers, ou par une arcade, etc., donnait une idée plus profonde de l'infini que le grand panorama vu du haut d'une montagne ? »

CHARLES BAUDELAIRE,
lettre à A. Fraisse, 18 février 1860.

« Le sonnet est un grand poème en petit. »

STÉPHANE MALLARMÉ,
lettre à H. Cazalis, juin 1862.

« Un Sonnet doit ressembler à une comédie bien faite, en ceci que chaque mot des quatrains doit faire deviner — dans une certaine mesure — le trait final, et que cependant ce trait final doit surprendre le lecteur, — non pas par la pensée qu'il exprime et que le lecteur a devinée, — mais par la beauté, la hardiesse et le bonheur de l'expression. »

THÉODORE DE BANVILLE,
Petit traité de poésie française, 1872.

| GUIDO CAVALCANTI (v. 1250-1300)

Tu m'hai sì piena di dolor la mente,
Che l'anima si briga di partire,
E li sospir' che manda 'l cor dolente
Mostrano agli occhi che non può soffrire.

Amor, che lo tuo grande valor sente,
Dice: « E' mi duol che ti convien morire
Per questa fiera donna, che nïente
Par che piatate di te voglia udire. »

I' vo come colui ch'è fuor di vita,
Che pare, a chi lo sguarda, ch'omo sia
Fatto di rame o di pietra o di legno,

Che si conduca sol per maestria
E porti ne lo core una ferita
Che sia, com' egli è morto, aperto segno.

Traduction de Claude Perrus

dans *Anthologie bilingue de la poésie italienne*, sous la direction de D. Boillet, Gallimard, « Bibliothèque de la Pléiade »

Tu m'as empli l'esprit de tant de peine
Que mon âme s'apprête à s'en aller
Et les soupirs de mon cœur douloureux
Font voir à tous qu'il ne résiste plus.

Amour, qui sent quel pouvoir est le tien,
Dit : « J'ai regret qu'il te faille mourir
Par si cruelle dame, qui refuse
D'ouïr parler de la moindre pitié. »

Je vais comme un qui est hors de la vie
Et semble, à qui le voit, être un pantin
Fait de bronze ou de pierre ou bien de bois,

Ne se mouvant que par un mécanisme
Et portant en plein cœur une blessure
Qui, de mort, est signe manifeste.

DANTE ALIGHIERI (1265-1321)
Vita nuova (1292-1293)

VII [...]

O voi che per la via d'Amor passate,
attendete e guardate
s'elli è dolore alcun, quanto 'l mio, grave;
e prego sol ch'audir mi sofferiate,
e poi imaginate
s'io son d'ogni tormento ostale e chiave.

Amor, non già per mia poca bontate,
ma per sua nobiltate,
mi pose in vita sì dolce e soave,
ch'io mi sentia dir dietro spesse fiate:
«Deo, per qual dignitate
così leggiadro questi lo core have?»

Traduction de Louis-Paul Guigues
Poésie/Gallimard

VII […] [1]

Ô vous qui par la voie d'amour passez [2],
arrêtez-vous et regardez
s'il peut être douleur plus lourde que la mienne.
Je vous prie seulement de vouloir m'écouter
et puis vous jugerez
si de tous les tourments ne suis demeure et clef.

Amour, non certes pour mon peu de bonté
mais par générosité
m'avait mis en si suave et douce vie
que derrière moi souvent j'entendais dire :
« Dieu ! mais quels sont les mérites
qui font son cœur si joyeux ? »

---

1. Ce sonnet prend place dans la *Vita nuova*, où il est ainsi commenté par Dante : « Ce sonnet a deux parties principales puisqu'en la première j'entends appeler les fidèles d'Amour avec ces paroles du prophète Jérémie : *O vos omnes, qui transitis per viam, attendite et videte si est dolor sicut dolor meus*, et les prie de daigner m'entendre, et que dans la seconde partie je dis où Amour m'avait placé, mais en un autre sens que ne le font entendre le début et la fin du sonnet ; et je dis ce que j'ai perdu. La seconde partie commence par : Amour, non certes... »
2. Il s'agit d'un sonnet « double » : un vers plus court intervient entre deux hendécasyllabes.

Or ho perduta tutta mia baldanza
che si movea d'amoroso tesoro;
ond'io pover dimoro,
in guisa che di dir mi ven dottanza.

Sì che volendo far come coloro
che per vergogna celan lor mancanza,
di fuor mostro allegranza,
e dentro da lo core struggo e ploro.

Maintenant j'ai perdu cette allègre assurance
que me donnait mon amoureux trésor
et je demeure si misérable
que je redoute de rimer.

Aussi, pour faire comme ceux
qui, par honte, cachent leur misère,
au-dehors je feins allégresse
mais au fond de mon cœur je suis rongé de pleurs.

PÉTRARQUE (1304-1374)
Canzoniere

VII

La gola e 'l somno et l'otïose piume
Ànno del mondo ogni vertú sbandita,
Ond'è dal corso suo quasi smarrita
Nostra natura vinta dal costume;

Et è sí spento ogni benigno lume
Del ciel, per cui s'informa humana vita,
Che per cosa mirabile s'addita
Chi vòl far d'Elicona nascer fiume.

Qual vaghezza di lauro, qual di mirto?
« Povera et nuda vai philosophia »,
dice la turba al vil guadagno intesa.

Pochi compagni avrai per l'altra via:
Tanto ti prego piú, gentile spirto,
Non lassar la magnanima tua impresa.

Traduction d'André Rochon

dans *Anthologie bilingue de la poésie italienne*, sous la direction de D. Boillet, Gallimard, « Bibliothèque de la Pléiade »

VII

Le ventre et le sommeil et les plumes oisives
Ont si bien exilé toute vertu du monde
Qu'aujourd'hui de son cours est presque détournée
Notre nature ainsi vaincue par les usages :

Éteinte est à ce point toute clarté bénigne,
Venue du ciel et informant la vie humaine,
Que l'on montre du doigt comme chose admirable
Qui veut de l'Hélicon[1] faire sortir un fleuve.

Qui aspire au laurier ? Et qui aspire au myrte[2] ?
« Voici que, pauvre et nue, tu vas, philosophie »,
Dit la foule qui est au vil gain appliquée.

Tu auras peu de compagnons sur l'autre route :
Je ne t'en prie que davantage, ô noble esprit,
De n'abandonner point ta sublime entreprise.

---

1. Montagne grecque, séjour privilégié des Muses, qui se réunissaient autour de l'Hippocrène, source de l'inspiration.
2. Laurier et myrte représentent la gloire poétique.

PÉTRARQUE (1304-1374)
Canzoniere

LXI

Benedetto sia 'l giorno, e l' mese, et l'anno,
Et la stagione, e 'l tempo, et l'ora, e 'l punto,
E 'l bel paese, e 'l loco ov'io fui giunto
Da' duo begli occhi che legato m'ànno;

Et benedetto il primo dolce affanno
Ch'i' ebbi ad esser con Amor congiunto,
Et l'arco, et le saette ond'i' fui punto,
Et le piaghe che 'nfin al cor mi vanno.

Benedette le voci tante ch'io
Chiamando il nome de mia donna ò sparte,
E i sospiri, et le lagrime, e 'l desio;

E benedette sian tutte le carte
Ov'io fama l'acquisto, e 'l pensier mio,
Ch'è sol di lei, sí ch'altra non v'à parte.

Traduction d'André Rochon

dans *Anthologie bilingue de la poésie italienne*, sous la direction de D. Boillet, Gallimard, « Bibliothèque de la Pléiade »

LXI

Que bénis soient le jour et le mois et l'année,
La saison et le temps et l'heure et le moment,
Le beau pays et le lieu où je fus atteint
Par deux beaux yeux lesquels alors m'ont enchaîné ;

Et bénis soient aussi le premier doux tourment
Que je sentis à être avec Amour lié,
Et son arc et ses traits, dont je fus transpercé,
Et la plaie qui pénètre au-dedans de mon cœur ;

Bénis soient à jamais les mots que j'ai sans nombre
Répandus pour clamer le cher nom de ma dame,
Et mes soupirs et mes larmes et mon désir ;

Et bénis à jamais toutes les écritures
Où je lui donne un grand renom et ma pensée
Qui n'appartient qu'à elle et où n'a part nulle autre.

MELLIN DE SAINT-GELAIS (1491-1558)
Œuvres poétiques (1574 posth.)

Avertissement sur les jugements d'Astrologie à une studieuse damoiselle

Ne craignez point, plume bien fortunée,
   Qui vers le Ciel vous allez élevant,
   Faire ruine, Icarus ensuivant,
   Qui trop haussa l'aile mal empennée,
Du beau Soleil, où êtes destinée
   Vous n'irez point la chaleur éprouvant,
   Mais deviendrez, sous ses rais écrivant,
   De sa clarté belle, et enluminée.
Et si volant parmi le grand espace
   De ses vertus quelque feu concevez,
   Moins haut pourtant ne vous en élevez :
Ce ne sera feu, qui brûle ou défasse,
   Mais bien fera sa divine étincelle,
   Comme Phœnix, revivre et vous et elle.

MELLIN DE SAINT-GELAIS (1491-1558)
Œuvres poétiques (1574 posth.)

Du triste cœur voudrais la flamme éteindre,
    De l'estomac les flèches arracher,
    Et de mon col le lien détacher
    Qui tant m'ont pu brûler, poindre, et étreindre.
Puis, l'un de glace et l'autre de roc ceindre,
    Le tiers de fer appris à bien trancher,
    Pour amortir, repousser, et hacher
    Feux, dards, et nœuds sans plus les devoir craindre.
Et les beaux yeux, la bouche, et main polie
    D'où vient chaleur, trait, et ret si soudaine
    Par qui Amour m'ard[1], me point, et me lie,
Voudrais tourner yeux en claire fontaine,
    L'autre en deux brins de corail joints ensemble
    L'autre en ivoire à qui elle ressemble.

---

1. Me brûle.

PONTUS DE TYARD (1521-1605)
Les Erreurs amoureuses (1549)[1]

Lorsque je vis ces cheveux d'or dorer
   Tant gentement cette vermeille glace,
   Et de ces yeux les traits de bonne grâce,
   Puis çà, puis là gaiement s'égarer :
Lorsque je vis un souris[2] colorer
   Et de douceur et de pitié sa face,
   Qui en leur beau toutes beautés efface,
   Je la cuidais[3] au Soleil comparer.
S'il fait que tout de chaleur sue, et fume,
   D'ardeur, et pleurs ma dame me consume.
   Si partout luit sa grande Sphère ronde,
D'elle le nom s'étend par tout le Monde.
   Mais, éclipsant, sa clarté cessera,
   Jamais le nom d'elle n'éclipsera.

---

1. Date de publication de ce qui sera le premier livre des *Erreurs amoureuses*, qui comporte 70 sonnets, dont celui que nous donnons ici.
2. Sourire.
3. Je croyais à tort.

JOACHIM DU BELLAY (1522-1560)
L'Olive (1549)

V

C'était la Nuit que la Divinité
   Du plus haut Ciel en Terre se rendit,
   Quand dessus moi Amour son Arc tendit
   Et me fit serf de sa grand' Déité.
Ni le saint Lieu de telle Cruauté,
   Ni le Temps même assez me défendit :
   Le coup au Cœur par les yeux descendit
   Trop ententif[1] à cette grand' Beauté.
Je pensais bien que l'Archer eût visé
   À tous les deux, et qu'un même Lien
   Nous deux ensemble également conjoindre,
Mais comme aveugle, Enfant, mal avisé,
   Vous a laissée (hélas) qui étiez bien
   La plus grand'Proie, et a choisi la moindre.

---

1. Attentif.

JOACHIM DU BELLAY (1522-1560)
L'Olive (2e édition, 1550)

LXXXIII

Déjà la nuit en son parc amassait
  Un grand troupeau d'étoiles vagabondes,
  Et pour entrer aux cavernes profondes,
  Fuyant le jour, ses noirs chevaux chassait.
Déjà le ciel aux Indes rougissait,
  Et l'Aube encor de ses tresses tant blondes
  Faisant grêler mille perlettes rondes,
  De ses trésors les prés enrichissait :
Quand d'occident, comme une étoile vive,
  Je vis sortir dessus ta verte rive,
  Ô fleuve mien ! une Nymphe en riant !
Alors, voyant cette nouvelle Aurore,
  Le jour honteux d'un double teint colore
  Et l'Angevin et l'Indique orient.

PIERRE DE RONSARD (1524-1585)
Les Amours (édition de 1553)

VIII

Ni de son chef[1] le trésor crépelu[2],
  Ni de sa joue une et l'autre fossette,
  Ni l'embonpoint de sa gorge grassette,
  Ni son menton rondement fosselu,
Ni son bel œil, que les miens ont voulu
  Choisir pour prince à mon âme sujette,
  Ni son beau sein, dont l'Archerot[3] me jette
  Le plus aigu de son trait émoulu,
Ni de son ris les milliers de Charites[4],
  Ni ses beautés en mille cœurs écrites,
  N'ont esclavé ma libre affection,
Seul son esprit, où tout le ciel abonde,
  Et les torrents de sa douce faconde,
  Me font mourir pour sa perfection.

---

1. Tête.
2. « Le poil mignonnement frisé » (commentaire de M.-A. Muret).
3. Amour (l'angelot qui décoche des flèches pour susciter l'amour).
4. Les Grâces.

PIERRE DE RONSARD (1524-1585)
Les Amours (édition de 1553)

XIX

Quand je vous vois, ou quand je pense en vous [1],
   Je ne sais quoi dans le cœur me frétille,
   Qui me pointelle [2], et tout d'un coup me pille
L'esprit emblé [3] d'un ravissement doux.
Je tremble tout de nerfs et de genoux :
   Comme la cire au feu, je me distille
   Sous mes soupirs : et ma force inutile
Me laisse froid, sans haleine et sans pouls.
Je semble [4] au mort, qu'on dévale [5] en la fosse,
   Ou à celui qui d'une fièvre grosse
   Perd le cerveau, dont les esprits mués
Rêvent cela qui plus leur est contraire [6],
   Ainsi, mourant, je ne saurai tant faire,
Que je ne pense en vous, qui me tuez.

---

1. À vous.
2. Me pique.
3. Emporté.
4. Je ressemble.
5. Qu'on fait tomber dans.
6. Qui leur est le plus contraire.

LOUISE LABÉ (1523?-1566)
Œuvres (1555)

VIII

Je vis, je meurs: je me brûle et me noie,
J'ai chaud extrême en endurant froidure:
La vie¹ m'est et trop molle et trop dure.
J'ai grands ennuis entremêlez de joie:

Tout à un coup je ris et je larmoie,
Et en plaisir maint grief² tourment j'endure:
Mon bien s'en va, et à jamais il dure:
Tout à un coup je sèche et je verdoie.

Ainsi Amour inconstamment me mène:
Et quand je pense avoir plus de douleur,
Sans y penser je me trouve hors de peine.

Puis quand je crois ma joie être certaine,
Et être au haut de mon désiré heur,
Il me remet en mon premier malheur.

---

1. Le substantif compte pour deux syllabes.
2. Profond («grief» est ici un adjectif; par synérèse, il compte pour une seule syllabe).

LOUISE LABÉ (1523?-1566)
Œuvres (1555)

XIV

Tant que mes yeux pourront larmes épandre
À l'heur passé avec toi regretter,
Et qu'aux sanglots et soupirs résister
Pourra ma voix, et un peu faire entendre;

Tant que ma main pourra les cordes tendre
Du mignard luth, pour tes grâces chanter;
Tant que l'esprit se voudra contenter
De ne vouloir rien fors que¹ toi comprendre,

Je ne souhaite encore point mourir.
Mais quand mes yeux je sentirai tarir,
Ma voix cassée, et ma main impuissante,

Et mon esprit en ce mortel séjour
Ne pouvant plus montrer signe d'amante,
Prierai la mort noircir mon plus clair jour.

---

1. Sauf, sinon.

JOACHIM DU BELLAY (1522-1560)
Les Regrets (1558)

VI

Las où est maintenant ce mépris de Fortune ?
Où est ce cœur vainqueur de toute adversité,
Cet honnête désir de l'immortalité,
Et cette honnête flamme au peuple non commune ?

Où sont ces doux plaisirs, qu'au soir sous la nuit brune
Les muses me donnaient, alors qu'en liberté
Dessus le vert tapis d'un rivage écarté
Je les menais danser aux rayons de la Lune ?

Maintenant la Fortune est maîtresse de moi,
Et mon cœur qui soulait[1] être maître de soi,
Est serf de mille maux et regrets qui m'ennuient.

De la postérité je n'ai plus de souci,
Cette divine ardeur, je ne l'ai plus aussi,
Et les Muses de moi, comme étranges, s'enfuient.

---

1. Avait l'habitude de.

JOACHIM DU BELLAY (1522-1560)
Les Regrets (1558)

LXXXVI

Marcher d'un grave pas, et d'un grave sourcil,
Et d'un grave souris[1] à chacun faire fête,
Balancer tous ses mots, répondre de la tête,
Avec un Messer non, ou bien un Messer si :

Entremêler souvent un petit É cosi ;
Et d'un son Servitor' contrefaire l'honnête ;
Et, comme si l'on eût sa part en la conquête,
Discourir sur Florence, et sur Naples aussi ;

Seigneuriser chacun d'un baisement de main,
Et suivant la façon du courtisan romain
Cacher sa pauvreté d'une brave apparence :

Voilà de cette Cour la plus grande vertu,
Dont souvent mal monté, mal sain, et mal vêtu,
Sans barbe et sans argent on s'en retourne en France.

---

1. Sourire.

JACQUES GRÉVIN (1538-1570)

La Gélodacrye (livre II, publié à la suite du *Théâtre* de Grévin, 1562)

Souffle dans moi, Seigneur, souffle dedans mon âme
Une part seulement de ta sainte grandeur :
Engrave ton vouloir au rocher de mon cœur,
Pour assurer le feu qui mon esprit enflamme.

Supporte[1], Seigneur Dieu, l'imparfait de ma flamme
Qui défaut[2] trop en moi : Rends-toi le seul vainqueur,
Et de ton grand pouvoir touche, époinçonne, entame
Le feu, le cœur, l'esprit de moi ton serviteur.

Élève quelquefois mon âme dépêtrée
Du tombeau de ce corps qui la tient enserrée :
Fais, fais la comparoir[3] devant ta majesté :

Autrement je ne puis, ne voyant que par songe,
D'avec la chose vraie éplucher le mensonge,
Qui se masque aisément du nom de Vérité.

---

1. Soutiens.
2. Fait défaut, manque.
3. Comparaître.

PHILIPPE DESPORTES (1546-1606)
Les Amours de Diane, dans *Les Premières Œuvres*
(1573)

Solitaire et pensif, dans un bois écarté,
   Bien loin du populaire et de la tourbe épaisse,
   Je veux bâtir un temple à ma fière déesse,
   Pour appendre mes vœux à sa divinité.
Là, de jour et de nuit, par moi sera chanté
   Le pouvoir de ses yeux, sa gloire et sa hautesse,
   Et dévot son beau nom j'invoquerai sans cesse,
   Quand je serai pressé de quelque adversité.
Mon œil sera la lampe, ardant continuelle[1]
   Devant l'image saint[2] d'une dame si belle,
   Mon corps sera l'autel, et mes soupirs les vœux.
Par mille et mille vers je chanterai l'office,
   Puis, épanchant mes pleurs, et coupant mes cheveux,
   J'y ferai tous les jours de mon cœur sacrifice.

---

1. Brûlant continuellement.
2. « Image » peut être masculin au XVIᵉ siècle.

ÉTIENNE JODELLE (1532-1573)
Les Œuvres et mélanges poétiques (1574 posth.)

II

Des astres, des forêts, et d'Achéron l'honneur,
  Diane, au monde haut, moyen et bas préside,
  Et ses chevaux, ses chiens, ses Euménides guide,
  Pour éclairer, chasser, donner mort et horreur.
Tel est le lustre grand, la chasse et la frayeur
  Qu'on sent sous ta beauté claire, prompte, homicide,
  Que le haut Jupiter, Phébus et Pluton cuide[1]
  Son foudre moins pouvoir, son arc, et sa terreur.
Ta beauté par ses rais, par son rets, par la crainte,
  Rend l'âme prise, éprise, et au martyre étreinte :
  Luis-moi, prends-moi, tiens-moi, mais hélas ne me perds
Des flambants, forts et griefs[2], feux, filets et encombres,
  Lune, Diane, Hécate, aux cieux, terre, et enfers,
  Ornant, quêtant, gênant, nos Dieux, nous et nos ombres.

---

1. Croit, à tort.
2. Profonds (« griefs » est un adjectif et compte pour une seule syllabe).

CHRISTOFLE DU PRÉ (v. 1550-1595?)
Les Larmes funèbres (1577)

IV

Mon cœur n'est plus dans moi, vous l'avez emporté
   Compagnon immortel de votre âme pudique :
   Et je vis toutefois par la belle trafique
   Que du vôtre j'ai fait, vous l'ayant emprunté.
Je vis donc ? las non fais ! je suis mort, absenté
   Du soleil radieux qui courait en l'oblique
   De mon noir Zodiac : ô cruelle et inique,
   Ô Mort, tu as éteint ma plus vive clarté.
L'on me voit ressembler au portrait qui remue
   Par un magicien séducteur de la vue,
   Parlant, marchant, mangeant je déçois un chacun.
Car l'ennui qui me charme, et me livre la guerre,
   Me gênant, me tuant d'un tourment non commun,
   Fait que je vis au Ciel, et suis mort en la Terre.

PIERRE DE RONSARD (1524-1585)
Sur la mort de Marie (1578)

V

Comme on voit sur la branche au mois de Mai la rose
   En sa belle jeunesse, en sa première fleur
   Rendre le ciel jaloux de sa vive couleur,
    Quand l'Aube de ses pleurs au point du jour l'arrose :
La grâce dans sa feuille, et l'amour se repose,
   Embasmant[1] les jardins et les arbres d'odeur :
   Mais battue ou de pluie, ou d'excessive ardeur,
   Languissante elle meurt feuille à feuille déclose :
Ainsi en ta première et jeune nouveauté,
   Quand la terre et le ciel honoraient ta beauté,
   La Parque t'a tuée, et cendre tu reposes.
Pour obsèques reçois mes larmes et mes pleurs,
   Ce vase plein de lait, ce panier plein de fleurs,
   Afin que vif, et mort, ton corps ne soit que roses.

---

1. Embaumant.

CLOVIS HESTEAU DE NUYSEMENT
(v. 1550-1er tiers du XVIIe siècle)
Les Œuvres poétiques, livre II (1578)

LVIII

Comme le Nauple[1] vit la flotte vengeresse
   Du rapt inhospital[2], parmi l'onde salée
   Voisiner les hauts Cieux, puis à coup dévalée
   Jusqu'au plus creux des eaux par sa flamme traîtresse,
Amour voit or[3] mon âme en cette mer d'angoisse
   Dont la sourde terreur pourrait être égalée
   Aux rochers capharés[4], et l'haleine exhalée
   De mes poumons gênés à l'horreur venteresse ;
Ou comme on voit grossir dessus l'Alpe cornue
   Un monceau blanchissant nourrisson de la nue
   Qui fondant va noyant la prochaine campagne,
Chacun[5] jour sur mon chef un lourd amas de peines
   Il charge, puis à coup les épand par mes veines,
   Et fait la mer d'ennuis où mon âme se baigne.

---

  1. Le naufrage. Allusion au naufrage de la flotte grecque provoqué par Nauplius : pour venger son fils mort pendant le siège de Troie, il alluma des feux qui trompèrent les Grecs et les firent sombrer.
  2. Le rapt d'Hélène, en violation des lois de l'hospitalité.
  3. Maintenant.
  4. Capharée : cap où firent naufrage les Grecs revenant de Troie.
  5. Chaque.

CLOVIS HESTEAU DE NUYSEMENT
(v. 1550-1er tiers du XVIIe siècle)
Les Œuvres poétiques, livre II (1578)

CI

Si je chante ces vers d'une voix brusque et forte,
   Leur peignant sur le front une image de mort,
   Je dis la cruauté de mon rigoureux sort,
   Et l'ardent désespoir qui de moi me transporte.
Un chacun peut aimer, mais non de même sorte,
   Tous les vents soufflent bien, mais non d'un même effort,
   Les astres tournent tous, mais non d'un même accord,
   Car la pluralité la discordance apporte.
Tous les humains sont faits de chair, d'os et de sang,
   Et l'amour peut de tous aiguillonner le flanc,
   Mais l'humeur différente en déguise la flamme.
C'est pourquoi, seul, poussé d'un sort trop rigoureux,
   Et, seul, qui meurt servant une parfaite dame,
   Seul, je chante ces vers comme moi furieux.

AGRIPPA D'AUBIGNÉ (1552-1630)
L'Hécatombe à Diane (posth.)[1]

XII

Souhaite qui voudra la mort inopinée
    D'un plomb meurtrier[2] et prompt au hasard envoyé,
    D'un coutelas bouchier, d'un boulet foudroyé,
    Crever poudreux, sanglant, au champ d'une journée.
Souhaite qui voudra une mort entournée
    De médecins, de pleurs, et un lit coutoyé
    D'héritiers, de criards, puis être convoyé
    De cent torches en feu à la fosse ordonnée.
Je ne veux pour la solde être au champ terrassé,
    On en est aujourd'hui trop mal récompensé ;
    Je trouve l'autre mort longue, bigote et folle.
Quoi donc ? brûler d'amour que Diane en douleurs
    Serre ma triste cendre infuse dans ses pleurs,
    Puis au sein d'Artémise un tombeau de Mausole[3].

---

1. *L'Hécatombe à Diane* est restée inédite jusqu'en 1874 ; elle aurait été composée au début des années 1570.
2. Compte pour deux syllabes, comme « bouchier » au vers suivant.
3. À la mort de son époux Mausole, Artémise (IVe siècle av. J.-C.), inconsolable, lui fit ériger un magnifique tombeau (le « Mausolée ») et mêla ses cendres à un liquide, qu'elle ingéra.

AGRIPPA D'AUBIGNÉ (1552-1630)
L'Hécatombe à Diane (posth.)

XCIX

Soupirs épars, sanglots en l'air perdus,
    Témoins piteux des douleurs de ma gêne,
    Regrets tranchants avortés de ma peine,
    Et vous, mes yeux, en mes larmes fondus,
Désirs tremblants, mes pensers éperdus,
    Plaisirs trompés d'une espérance vaine,
    Tous les tressauts qu'à ma mort inhumaine
    Mes sens lassés à la fin ont rendus,
Cieux qui sonnez après moi mes complaintes,
    Mille langueurs de mille morts éteintes,
    Faites sentir à Diane le tort
Qu'elle me tient, de son heur ennemie,
    Quand elle cherche en ma perte sa vie
    Et que je trouve en sa beauté la mort!

PIERRE DE RONSARD (1524-1585)
Derniers vers (1587 posth.)

Il faut laisser maisons et vergers et jardins,
   Vaisselles et vaisseaux que l'artisan burine,
   Et chanter son obsèque en la façon du Cygne,
   Qui chante son trépas sur les bords Méandrins.
C'est fait j'ai dévidé le cours de mes destins,
   J'ai vécu j'ai rendu mon nom assez insigne,
   Ma plume vole au ciel pour être quelque signe
   Loin des appas mondains qui trompent les plus fins.
Heureux qui ne fut onc[1], plus heureux qui retourne
   En rien comme il était, plus heureux qui séjourne
   D'homme fait nouvel ange auprès de Jésus-Christ,
Laissant pourrir ça bas sa dépouille de boue
   Dont le sort, la fortune, et le destin se joue,
   Franc des liens du corps pour n'être qu'un esprit.

---

1. Jamais.

SIMÉON-GUILLAUME DE LA ROQUE
(1551-1611)
Amours de Phylis, dans *Les Amours* (1590)

Puisque mon espérance est à l'extrémité,
Triste et cruelle fin de vous tant désirée,
Puisque vous me voyez par votre cruauté
N'être plus qu'une cendre au tombeau préparée,

Ressemblez cette reine et son cœur indompté
Qui de son cher mari but la cendre honorée[1].
Faites ainsi de la mienne, ô divine beauté,
Récompensant la foi que je vous ai jurée.

Ainsi vous éteindrez la soif et le désir
De l'extrême rigueur où vous prenez plaisir,
Réchauffant la froideur dont votre âme est gelée ;

Lorsque j'estimerais ma mort et ma langueur,
Que j'aurais un superbe et riche mausolée,
Si mes cendres étaient closes dans votre cœur !

---

1. Allusion à Artémise (voir page 38, note 3).

LUIS DE GÓNGORA Y ARGOTE
(1561-1627)

Mientras por competir con tu cabello,
Oro bruñido al Sol relumbra en vano,
Mientras con menosprecio en medio el llano
Mira tu blanca frente al lilio bello ;

Mientras a cada labio, por cogello,
Siguen más ojos que al clavel temprano,
Y mientras triunfa con desdén lozano
Del luciente cristal tu gentil cuello ;

Goza cuello, cabello, labio y frente,
Antes que lo que fue en tu edad dorada
Oro, lilio, clavel, cristal luciente

No sólo en plata o víola troncada
Se vuelva, mas tú y ello juntamente
En tierra, en humo, en polvo, en sombra, en nada.

Traduction de Claude Esteban

dans *Anthologie bilingue de la poésie espagnole*, sous la direction de N. Ly, Gallimard, «Bibliothèque de la Pléiade»

Tandis que pour lutter avec ta chevelure,
Or bruni au soleil vainement étincelle,
Tandis qu'avec mépris au milieu de la plaine
Contemple ton front blanc la fleur belle du lis,

Tandis que pour cueillir chacune de tes lèvres
Te poursuivent plus d'yeux que l'œillet de printemps,
Et que superbement dédaigne, triomphant
Du cristal lumineux, ta gorge souveraine ;

Cette gorge et ce front, ces cheveux, cette lèvre
Cueille-les dès avant que ce qui fut hier
En ton âge doré, lis, œillet, or, cristal,

En argent ne se change, en violette fanée,
Mais plus encore, et toi avec eux mêmement,
En poussière, en fumée, en cendre, en ombre, en rien.

LUIS DE CAMÕES (1525?-1580)
Rhytmas (1595)[1]

Alegres campos, verdes arvoredos,
Claras e frescas águas de cristal,
Que em vós os debuxais ao natural,
Discorrendo da altura dos rochedos;

Silvestres montes, ásperos penedos,
Compostos em concerto desigual:
Sabei que, sem licença de meu mal,
Já não podeis fazer meus olhos ledos.

E pois me já não vedes como vistes,
Não me alegrem verduras deleitosas
Nem águas que correndo alegres vêm.

Semearei em vós lembranças tristes,
Regando-vos com lágrimas saudosas,
E nascerão saudades de meu bem.

---

1. L'œuvre lyrique de Camões ne fut éditée qu'en 1595.

Traduction d'Anne-Marie Quint

(en collaboration avec Maryvonne Boudoy)
Éd. Chandeigne

Champs radieux, frondaisons verdoyantes,
Claires et fraîches ondes cristallines
Qui peignez leur image au naturel
Lorsque vous ruisselez du haut des roches ;

Agrestes monts et rochers escarpés
Composant un harmonieux désordre,
Sachez-le bien, sans l'accord de mon mal,
Vous ne pouvez donner à mes yeux nulle joie.

Puisque je ne suis plus tel que vous m'avez vu,
Comment goûter dès lors cette exquise verdure,
Et les eaux qui s'en viennent en riant ?

En vous, je sèmerai de tristes souvenirs,
Je vous arroserai de larmes nostalgiques,
D'où germeront les regrets du bonheur.

MARC PAPILLON DE LASPHRISE
(1555-1599)

L'Amour passionnée de Noémie,
dans *Les Premières Œuvres poétiques* (1597)

LIII

Jamais ne me verrai-je après tant de regrets
   Nager à mon plaisir dedans l'amoureuse onde,
   Pignotant, frisottant ta chevelure blonde,
   Pressottant, suçottant ta bouchette d'œillets ;
Mignottant, langottant, amorcillant l'accès,
   Mordillant ce téton (petite pomme ronde),
   Baisottant ce bel œil (digne soleil du monde),
   Folâtrant dans ces draps délicatement nets ?
Ne sentirai-je point avec mille caresses
   Le doux chatouillement des plus douces liesses ?
   Ne serai-je, amoureux, mignonnement aimé,
Recevant le guerdon [1] de mes loyaux services,
   Remuant, étreignant, mignardant les délices,
   Haletant d'aise, épris, vaincu, perdu, pâmé ?

---

1. Salaire, récompense.

MARC PAPILLON DE LASPHRISE
(1555-1599)
Diverses poésies,
dans *Les Premières Œuvres poétiques* (1597)

XLIX

Ces vers sont masculins :
Car la Dame aime le mâle.

Je l'ai vue Honorat[1], j'ai vu ses cheveux gris,
    Qu'une fausse perruque ombre d'un poil menu,
    J'ai vu son front de poule, où le fard est connu,
    J'ai vu ses yeux cavés ténèbres de Cypris[2].
J'ai vu son nez camard, j'ai vu son maigre ris[3],
    J'ai vu sa grande bouche, et son menton pointu,
    J'ai vu son col de grue, et son sein abattu,
    J'ai vu son corps contraint qui en porte à tout prix.
J'ai vu ses patins[4] blancs, j'ai vu son large pied,
    J'ai vu sa courte grève, et si[5] j'ai manié
    Son ras honneur honteux rendez-vous du cousin[6],
Où si j'eusse voulu je me fusse enfourné.
    Je rends grâce au Démon qui m'en a détourné :
    Car il est dangereux comme l'or toulousain[7].

---

1. Ami de l'auteur.
2. Vénus.
3. Camard : aplati ; ris pour sourire.
4. Semelles épaisses (pour paraître plus grande).
5. Grève : jambe ; si : pourtant.
6. Son ras honneur : son sexe rasé ; cousin : sexe masculin (argot).
7. « Avoir de l'or de Toulouse » : être poursuivi par une destinée implacable (voir les notes de l'édition N. C. Balmas, dans Marc Papillon de Lasphrise, *Diverses poésies*, Genève, Droz, 1988, p. 83-84).

MARC PAPILLON DE LASPHRISE
(1555-1599)

Diverses poésies,
dans *Les Premières Œuvres poétiques* (1597)

LXXXI

Sonnet en langue inconnue

Cerdis zerom deronty toulpinye,
    Pursis harlins linor orifieux,
    Tictic falo mien estolieux,
    Leulfiditous lafar relonglotye.
Gerefeluz tourdom redassinye;
    Ervidion tecar doludrieux,
    Gesdoliou nerset bacincieux,
    Arlas destol osart lurafinie.
Tast derurly tast qu'ent derontrian,
    Tast deportul tast fal minadian,
    Tast tast causus renula dulpissoistre,
Ladimirail reledra furvioux,
    C'est mon secret, ma Mignonne aux yeux doux,
    Qu'autre que toi ne saurait reconnaître.

JEAN DE SPONDE (1557-1595)
Œuvres (1599)

I

Mortels, qui des mortels avez pris votre vie,
    Vie qui meurt encor dans le tombeau du Corps,
    Vous qui r'amoncelez vos trésors, des trésors
    De ceux dont par la mort la vie fut ravie :
Vous qui voyant de morts leur mort entresuivie,
    N'avez point de maisons que les maisons des morts,
    Et ne sentez pourtant de la mort un remords,
    D'où vient qu'au souvenir son souvenir s'oublie ?
Est-ce que votre vie adorant ses douceurs
    Déteste des pensers de la mort les horreurs,
    Et ne puisse envier une contraire envie ?
Mortels, chacun accuse, et j'excuse le tort
    Qu'on forge en votre oubli. Un oubli d'une mort
    Vous montre un souvenir d'une éternelle vie.

JEAN DE SPONDE (1557-1595)
Œuvres (1599)

II

Mais si[1] faut-il mourir ! et la vie orgueilleuse,
   Qui brave de la mort, sentira ses fureurs ;
   Les Soleils hâleront ces journalières fleurs,
   Et le temps crèvera cette ampoule venteuse.
Ce beau flambeau qui lance une flamme fumeuse,
   Sur le vert de la cire éteindra ses ardeurs ;
   L'huile de ce Tableau ternira ses couleurs,
   Et ces flots se rompront à la rive écumeuse.
J'ai vu ces clairs éclairs passer devant mes yeux,
   Et le tonnerre encor qui gronde dans les Cieux,
   Où, d'une ou d'autre part, éclatera l'orage.
J'ai vu fondre la neige, et ses torrents tarir,
   Ces lions rugissants, je les ai vus sans rage.
   Vivez, hommes, vivez, mais si faut-il mourir.

---

1. Pourtant.

MAGE DE FIEFMELIN (av. 1560-ap. 1603)

Les Œuvres du sieur de Fiefmelin, Second essai du spirituel (1601)

Voici venir la guerre aime-cris, brûle-hôtels,
Verse-sang, gâte-tout, fléau de l'ire divine.
L'une des Dires[1] sœurs, serves de Proserpine[2],
Comme d'avant-courrière en assaut les mortels.

Elle vole vers l'homme, et abat ses autels
Pour en chasser son Dieu, même de sa poitrine.
Pour leur causer, athée, une double ruine,
Elle ose bien se prendre aux esprits immortels.

Devant son ost[3] ailé marche de place en place
L'horreur, la cruauté, le sac, le deuil, l'audace,
Le désordre, la fuite et l'indigence aussi.

Son œil, son bras, sa voix brûle, canonne et tonne.
Il n'y a nul salut en la main de Bellone[4] :
Qui donc échappera de ce fléau sans merci ?

---

1. Les Érinyes, déesses de la vengeance.
2. Déesse des Enfers.
3. Armée.
4. Dieu de la guerre.

WILLIAM SHAKESPEARE (1564-1616)
Sonnets (1609)

I

From fairest creatures we desire increase,
That thereby beauty's rose might never die,
But as the riper should by time decease,
His tender heir might bear his memory;
But thou, contracted to thine own bright eyes,
Feed'st thy light's flame with self-substantial fuel,
Making a famine where abundance lies,
Thyself thy foe, to thy sweet self too cruel.
Thou that art now the world's fresh ornament
And only herald to the gaudy spring
Within thine own bud buriest thy content.
And, tender churl, mak'st waste in niggarding.
 Pity the world, or else this glutton be:
  To eat the world's due, by the grave and thee.

Traduction de Robert Ellrodt

dans William Shakespeare, *Tragicomédies II*,
éd. Robert Laffont, coll. «Bouquins», 2002

I

Les êtres les plus beaux, on voudrait qu'ils engendrent
Pour que jamais la Rose de la beauté ne meure;
Que, lorsque le plus mûr avec le temps succombe,
En son tendre[1] héritier son souvenir survive;
Mais toi qui n'es fiancé qu'à tes yeux brillants,
Tu nourris cette flamme, ta vie, de ta substance,
Créant une famine où l'abondance règne,
Trop cruel ennemi envers ton cher toi-même.
Toi, le frais ornement de ce monde aujourd'hui,
Seul héraut du printemps chatoyant, tu enterres
Dans ton propre bourgeon ta sève et ton bonheur,
Et, tendre avare, en lésinant, tu dilapides.
 Aie donc pitié du monde, ou bien la tombe et toi,
 Glouton! dévorerez ce qui au monde est dû.

---

1. Au sens d'âge «tendre», précise le traducteur.

WILLIAM SHAKESPEARE (1564-1616)
Sonnets (1609)

CVI

When in the chronicle of wasted time
I see descriptions of the fairest wights,
And beauty making beautiful old rhyme
In praise of ladies dead and lovely knights;
Then in the blazon of sweet beauty's best,
Of hand, of foot, of lip, of eye, of brow,
I see their antique pen would have expressed
Even such a beauty as you master now.
So all their praises are but prophecies
Of this our time, all you prefiguring,
And for they looked but with divining eyes
They had not skill enough your worth to sing;
   For we which now behold these present days
   Have eyes to wonder, but lack tongues to praise.

Traduction de Robert Ellrodt

dans William Shakespeare, *Tragicomédies II*,
éd. Robert Laffont, coll. «Bouquins», 2002

CVI

Lorsque dans les chroniques des siècles abolis
Je lis les descriptions des plus charmants des êtres,
Dont la beauté peut embellir des vers anciens
Célébrant dames mortes et gracieux chevaliers,
Lors, au blason de la beauté la plus exquise,
Louant la main, le pied, le front, les yeux, les lèvres,
Je vois que d'une antique plume on voulut peindre
Cette même beauté qui est vôtre à présent.
Ainsi tous leurs éloges ne sont que prophéties
De notre temps, qui toutes donc vous préfigurent;
Mais, leurs yeux ne voyant que ce qu'ils devinaient,
Le talent leur manquait pour chanter vos mérites;
    Quant à nous, qui voyons les jours présents, nos yeux
    Admirent, mais pour louer la voix nous manque.

SIMÉON-GUILLAUME DE LA ROQUE
(1551-1611)
Amours de Caritée, dans *Les Œuvres* (1609)

Sous les ombres du bois, au bord d'une fontaine,
Passant et ma tristesse et la chaleur des jours,
Je trouvai la beauté cause de mes amours
Qui me fit dans le cœur une plaie inhumaine.

Par ce prompt accident, je vois ma mort prochaine,
Je vois ma mort prochaine, éloigné de secours,
D'autant que les rochers et les arbres sont sourds,
Et que rien ne l'accuse et n'allège ma peine.

Je ne vois dans ces bois, dans ces eaux nul support
Que l'image d'Amour et celle de la Mort,
Qui volent parmi l'air et qui nagent ensemble.

Hé ! donc au parlement de la terre et des cieux,
Ces deux témoins seront récusés, ce me semble,
Car la Mort est muette et l'Amour est sans yeux.

JEAN DE LA CEPPÈDE (v. 1548-1623)
Les Théorèmes, Troisième Livre (1613)

LXXIX

Tout est donc accompli : rien ne reste en arrière,
Qui puisse appartenir au salut du mortel :
Ce généreux guerrier a fourni la carrière,
Et fait le contenu de son juste cartel.

Ce sacrificateur a fourni son autel :
S'exposant en victime à la rage meurtrière[1],
Aux bourrèles[2] fureurs de la fière Béthel[3],
Pour nous ouvrir du Ciel la brillante barrière.

Son œuvre est achevé : son Père est satisfait,
Tout ce qui devait être a produit son effet :
En lui sont accomplis tous les divins augures.

Il nous a déchiffré tous les tableaux secrets,
La vérité succède à l'ombre des figures,
La vieille loi fait place à ses nouveaux décrets.

---

1. Compte pour deux syllabes.
2. Qui tourmentent.
3. La maison de Dieu et, en l'occurrence, Jérusalem.

AUBIN DE MORELLES (v. 1560-ap. 1618)
Les Urnes de Julie (1618)

Peu à peu s'affaiblit mon écorce mortelle,
Je reverrai bientôt ce qui me fut si cher ;
Je dresse sur un mont un odorant bûcher,
Que je vais allumant moi-même de mon aile.

Je porte au flanc la mort, son trait et sa quadrelle[1],
Et soupirant ma fin que je sens approcher,
Je fais de mes deux yeux un grand fleuve épancher,
Pour baigner l'urne sainte où repose la belle.

Le Cygne blanchissant dessus le mol cristal
De Caÿstre[2] aux doux flots chante l'hymne fatal,
Et les funèbres sons de la mort qui l'appelle :

Ainsi sur l'arbre sec et les nuits et les jours,
Cachée au fond d'un bois la chaste tourterelle
En lamentable voix soupire ses amours.

---

1. Flèche.
2. Fleuve d'Asie mineure, qui se jette dans le golfe de Kusadasi (Éphèse est située sur son embouchure) ; il est resté célèbre notamment pour les cygnes qui habitaient ses bords.

THÉOPHILE DE VIAU (1590-1626)
Œuvres, Seconde partie (1626)

VI

Ministre du repos, sommeil père des songes,
    Pourquoi t'a-t-on nommé l'Image de la mort?
    Que ces faiseurs de vers t'ont jadis fait de tort,
    De le persuader avecques leurs mensonges!
Faut-il pas confesser qu'en l'aise où tu nous plonges,
    Nos esprits sont ravis par un si doux transport?
    Qu'au lieu de l'accourcir, à la faveur du sort,
    Les plaisirs de nos jours, sommeil, tu les allonges?
Dans ce petit moment, ô songes ravissants,
    Qu'amour vous a permis d'entretenir mes sens,
    J'ai tenu dans mon lit Élise toute nue.
Sommeil, ceux qui t'ont fait l'Image du trépas,
    Quand ils ont peint la mort ils ne l'ont point connue:
    Car vraiment son portrait ne lui ressemble pas.

FRANCISCO DE QUEVEDO Y VILLEGAS (1580-1645)

REPRESÉNTASE LA BREVEDAD DE LO QUE SE VIVE Y
CUÁN NADA PARECE LO QUE SE VIVIÓ

¡Ah de la vida!... ¿Nadie me responde?
¡Aquí de los antaños que he vivido!
La Fortuna mis tiempos ha mordido;
Las Horas mi locura las esconde.

¡Que sin poder saber cómo ni adónde
La salud y la edad se hayan huido!
Falta la vida, asiste lo vivido,
Y no hay calamidad que no me ronde.

Ayer se fue; mañana no ha llegado;
Hoy se está yendo sin parar un punto:
Soy un fue, y un será, y un es cansado.

En el hoy y mañana y ayer, junto
Pañales y mortaja, y he quedado
Presentes sucesiones de difunto.

Traduction de Claude Esteban

dans *Anthologie bilingue de la poésie espagnole*, sous la direction de N. Ly, Gallimard, «Bibliothèque de la Pléiade»

OÙ L'ON SE REPRÉSENTE LA BRIÈVETÉ DE CE QUE L'ON VIT ET LE PEU QUE PARAÎT ÊTRE CE QUE L'ON A VÉCU

Ho de la vie !... Personne qui réponde ?
À l'aide, ô les antans que j'ai vécus !
Dans mes années la Fortune a mordu ;
Les Heures, ma folie les dissimule.

Quoi ! sans pouvoir savoir où ni comment
L'âge s'est évanoui et la vigueur !
Manque la vie, le vécu seul subsiste ;
Nulle calamité, autour, qui ne m'assiège.

Hier s'en est allé, Demain n'est pas encore,
Et Aujourd'hui s'en va sans même s'arrêter :
Je suis un Fut, un Est, un Sera harassé.

Dans l'aujourd'hui, l'hier et le demain, j'unis
Les langes au linceul, et de moi ne demeurent
Que les successions vives d'un défunt.

MARC-ANTOINE GIRARD,
SIEUR DE SAINT-AMANT (1594-1661)

Raillerie à part, dans *Les Œuvres* (1629)

Fagoté plaisamment comme un vrai Simonnet[1],
Pied chaussé, l'autre nu, main au nez, l'autre en poche,
J'arpente un vieux grenier, portant sur ma caboche
Un coffin[2] de Hollande en guise de bonnet.

Là, faisant quelquefois le saut du sansonnet,
Et dandinant du cul comme un sonneur de cloche,
Je m'égueule de rire, écrivant d'une broche,
En mots de patelin[3], ce grotesque sonnet.

Mes esprits à cheval sur des coquecigrues,
Ainsi que papillons s'envolent dans les nues,
Y cherchant quelque fin qu'on ne puisse trouver.

Nargue : c'est trop rêver, c'est trop ronger ses ongles ;
Si quelqu'un sait la rime, il peut bien l'achever.
. . . .

---

1. Nom de singe.
2. Corbeille.
3. Référence au Pathelin de la farce.

MARC-ANTOINE GIRARD, SIEUR DE SAINT-AMANT (1594-1661)
La Suite des Œuvres (1631)

Le paresseux

Accablé de paresse et de mélancolie,
Je rêve dans un lit où je suis fagoté,
Comme un lièvre sans os qui dort dans un pâté,
Ou comme un Don Quichotte en sa morne folie.

Là, sans me soucier des guerres d'Italie,
Du comte Palatin, ni de sa royauté,
Je consacre un bel hymne à cette oisiveté
Où mon âme en langueur est comme ensevelie.

Je trouve ce plaisir si doux et si charmant,
Que je crois que les biens me viendront en dormant,
Puisque je vois déjà s'en enfler ma bedaine,

Et hais tant le travail que, les yeux entrouverts,
Une main hors des draps, cher Baudouin, à peine
Ai-je pu me résoudre à t'écrire ces vers.

TRISTAN L'HERMITE
(FRANÇOIS L'HERMITE, DIT)
(v. 1600-1655)
Plaintes d'Acante (1633)

La belle en deuil

Que vous avez d'appas, belle Nuit animée !
Que vous nous apportez de merveille et d'amour.
Il faut bien confesser que vous êtes formée
Pour donner de l'envie et de la honte au jour.

La flamme éclate moins à travers la fumée
Que ne font vos beaux yeux sous un si sombre atour,
Et de tous les mortels, en ce sacré séjour,
Comme un céleste objet vous êtes réclamée.

Mais ce n'est point ainsi que ces divinités
Qui n'ont plus ni de vœux, ni de solennités
Et dont l'autel glacé ne reçoit point de presse,

Car vous voyant si belle, on pense à votre abord
Que par quelque gageure où Vénus s'intéresse,
L'Amour s'est déguisé sous l'habit de la Mort.

FRANÇOIS MAYNARD (1582-1646)
Les Œuvres (1646)

Mon âme, il faut partir. Ma vigueur est passée,
   Mon dernier jour est dessus l'horizon.
Tu crains ta liberté. Quoi ! n'es-tu pas lassée
   D'avoir souffert soixante ans de prison ?

Tes désordres sont grands ; tes vertus sont petites ;
   Parmi tes maux on trouve peu de bien ;
Mais si le bon Jésus te donne des mérites,
   Espère tout et n'appréhende rien.

Mon âme, repens-toi d'avoir aimé le monde,
   Et de mes yeux fais la source d'une onde
Qui touche de pitié le monarque des rois.

   Que tu serais courageuse et ravie
Si j'avais soupiré durant toute ma vie,
   Dans le désert, sous l'ombre de la Croix !

GEORGES DE SCUDÉRY (1601-1667)
Poésies diverses (1649)

Contre la grandeur mondaine

Superbes ornements des maîtres de la terre,
Sceptres de qui l'éclat éblouit tous les yeux;
Couronnes qui brillez comme l'astre des cieux,
Majesté redoutée autant que le tonnerre;

Rois qui pouvez donner ou la paix ou la guerre,
Monarques souverains autant que glorieux;
Hommes mortels, enfin, qui passez pour des dieux,
Et qui faites les fiers sur des trônes de verre,

Toute votre puissance est une vanité;
Les débiles roseaux ont plus de fermeté
Que le faste orgueilleux de toute votre pompe.

En vain vous me charmez par des objets si beaux;
Car sans vous regarder, sous le dais qui nous trompe,
Je veux vous aller voir au creux de vos tombeaux.

VINCENT VOITURE (1597-1648)
Les Œuvres (1650 posth.)

Des portes du matin l'amante de Céphale
Ses roses épandait dans le milieu des airs,
Et jetait sur les cieux nouvellement ouverts
Ces traits d'or et d'azur qu'en naissant elle étale,

Quand la Nymphe divine, à mon repos fatale,
Apparut, et brilla de tant d'attraits divers
Qu'il semblait qu'elle seule éclairait l'univers
Et remplissait de feux la rive orientale.

Le soleil se hâtant pour la gloire des Cieux
Vint opposer sa flamme à l'éclat de ses yeux
Et prit tous les rayons dont l'Olympe se dore.

L'onde, la terre et l'air s'allumaient à l'entour,
Mais auprès de Philis on le prit pour l'Aurore,
Et l'on crut que Philis était l'astre du Jour.

VINCENT VOITURE (1597-1648)
Les Œuvres (1650 posth.)

Il faut finir mes jours en l'amour d'Uranie !
L'absence ni le temps ne m'en sauraient guérir,
Et je ne vois plus rien qui me pût secourir,
Ni qui sût rappeler ma liberté bannie.

Dès longtemps je connais sa rigueur infinie !
Mais, pensant aux beautés pour qui je dois périr,
Je bénis mon martyre, et content de mourir,
Je n'ose murmurer contre sa tyrannie.

Quelquefois ma raison, par de faibles discours,
M'incite à la révolte et me promet secours.
Mais lorsqu'à mon besoin je me veux servir d'elle,

Après beaucoup de peine et d'efforts impuissants,
Elle dit qu'Uranie est seule aimable et belle,
Et m'y rengage plus que ne font tous mes sens.

ISAAC DE BENSERADE (1612?-1691)
Les Œuvres (1697)

Sur Job

Job de mille tourments atteint
Vous rendra sa douleur connue,
Et raisonnablement il craint
Que vous n'en soyez point émue.

Vous verrez sa misère nue ;
Il s'est lui-même ici dépeint ;
Accoutumez-vous à la vue
D'un homme qui souffre et se plaint.

Bien qu'il eût d'extrêmes souffrances,
On voit aller des patiences
Plus loin que la sienne n'alla.

Il souffrit des maux incroyables,
Il s'en plaignit, il en parla :
J'en connais de plus misérables.

ZACHARIE DE VITRÉ (XVIIᵉ siècle)
Les Essais de méditations poétiques
sur la passion, mort et résurrection
de Notre-Seigneur Jésus-Christ (1659)

Mon âme est un roseau faible, sec et stérile,
Dépourvu de moelle, et sans fin se mouvant
　　Au premier gré du vent,
Tant il a d'inconstance en son être fragile.

Au moins si ce roseau ne t'était qu'inutile ;
Mais c'est lui, mon Sauveur, qui te frappe souvent [1],
　　Et pousse plus avant
Cet outrageux buisson [2] dont ton beau sang distille.

Mon Jésus, si tu veux retirer quelque fruit
Du roseau de mon âme, après l'avoir produit,
Trempe-le dans ton sang, lui qui le fait répandre ;

Et puisqu'il est si faible, et si vide, et si vain,
Afin que d'inconstance il se puisse défendre,
　　Porte-le dans ta main.

　1.　Selon les Évangiles (Matthieu XXVII, 27-31 ; Marc XV, 19), Jésus
fut frappé avec un roseau.
　2.　La couronne d'épines.

JEAN-BAPTISTE JOSEPH WILLART
DE GRÉCOURT (1683-1743)
Œuvres (1746)

Le bien vient en dormant

Pour éviter l'ardeur du plus grand jour d'été,
Climène sur un lit dormait à demi-nue,
Dans un état si beau qu'elle eût même tenté
L'humeur la plus pudique et la plus retenue.

Sa jupe permettait de voir en liberté
Ce petit lieu charmant qu'elle cache à la vue,
Le centre de l'amour et de la volupté,
La cause du beau feu qui m'enflamme et me tue.

Mille objets ravissants, en cette occasion,
Bannissant mon respect et ma discrétion,
Me firent embrasser cette belle dormeuse.

Alors elle s'éveille à cet effort charmant,
Et s'écrie aussitôt : Ah ! que je suis heureuse !
Les biens, comme l'on dit, me viennent en dormant !

ANTOINE HOUDAR DE LA MOTTE
(1672-1731)

Œuvres complètes (1754)

Dans les pleurs et les cris recevoir la naissance,
Pour être des besoins l'esclave malheureux ;
Sous les bizarres lois de maîtres rigoureux,
Traîner dans la contrainte une imbécile [1] enfance.

Avide de savoir, languir dans l'ignorance ;
De plaisirs fugitifs follement amoureux,
N'en recueillir jamais qu'un ennui douloureux ;
Payer d'un long regret une courte espérance.

Voir avec la vieillesse arriver à grands pas,
Les maux avant-coureurs d'un funeste trépas ;
Longtemps avant la mort en soutenir l'image.

Enfin en gémissant, mourir comme on est né.
N'est-ce que pour subir ce sort infortuné,
Que le ciel aurait fait son plus parfait ouvrage ?

---

1. Sans force.

THÉOPHILE GAUTIER (1811-1872)
Poésies (1830)

Sonnet I

> Aux seuls ressouvenirs
> Nos rapides pensers volent dans les étoiles.
>
> THÉOPHILE.

Aux vitraux diaprés des sombres basiliques,
Les flammes du couchant s'éteignent tour à tour;
D'un âge qui n'est plus précieuses reliques,
Leurs dômes dans l'azur tracent un noir contour;

Et la lune paraît, de ses rayons obliques
Argentant à demi l'aiguille de la tour,
Et les derniers rameaux des pins mélancoliques
Dont l'ombre se balance et s'étend alentour.

Alors les vibrements de la cloche qui tinte
D'un monde aérien semblent la voix éteinte,
Qui par le vent portée en ce monde parvient;

Et le poète, assis près des flots, sur la grève,
Écoute ces accents fugitifs comme un rêve,
Lève les yeux au ciel, et triste se souvient.

FÉLIX ARVERS (1806-1850)
Mes heures perdues (1833)

Sonnet imité de l'italien

Mon âme a son secret, ma vie a son mystère :
Un amour éternel en un moment conçu.
Le mal est sans espoir, aussi j'ai dû le taire,
Et celle qui l'a fait n'en a jamais rien su.

Hélas ! j'aurai passé près d'elle inaperçu,
Toujours à ses côtés, et pourtant solitaire,
Et j'aurai jusqu'au bout fait mon temps sur la terre,
N'osant rien demander et n'ayant rien reçu.

Pour elle, quoique Dieu l'ait faite douce et tendre,
Elle ira son chemin, distraite, sans entendre
Ce murmure d'amour élevé sur ses pas ;

À l'austère devoir pieusement fidèle,
Elle dira, lisant ces vers tout remplis d'elle :
« Quelle est donc cette femme ? » et ne comprendra pas.

| ALFRED DE MUSSET (1810-1857)

Le fils du Titien[1]

Lorsque j'ai lu Pétrarque, étant encore enfant,
J'ai souhaité d'avoir quelque gloire en partage.
Il aimait en poète et chantait en amant ;
De la langue des dieux lui seul sut faire usage.

Lui seul eut le secret de saisir au passage
Les battements du cœur qui durent un moment,
Et, riche d'un sourire, il en gravait l'image
Du bout d'un stylet d'or sur un pur diamant.

Ô vous qui m'adressez une parole amie,
Qui l'écriviez hier et l'oublierez demain,
Souvenez-vous de moi qui vous en remercie.

J'ai le cœur de Pétrarque et n'ai point son génie ;
Je ne puis ici-bas que donner en chemin
Ma main à qui m'appelle, à qui m'aime ma vie.

---

1. En fait, ce sonnet intervient (avec un autre) dans une nouvelle de Musset intitulée « Le fils du Titien » publiée dans *La Revue des Deux Mondes* en mai 1838.

GÉRARD DE NERVAL (1808-1855)
Les Chimères (1854)

El Desdichado

Je suis le Ténébreux, — le Veuf, — l'Inconsolé,
Le Prince d'Aquitaine à la Tour abolie :
Ma seule *Étoile* est morte, — et mon luth constellé
Porte le *Soleil noir* de la *Mélancolie*.

Dans la nuit du Tombeau, Toi qui m'as consolé,
Rends-moi le Pausilippe et la mer d'Italie,
La *fleur* qui plaisait tant à mon cœur désolé,
Et la treille où le Pampre à la Rose s'allie.

Suis-je Amour ou Phébus ?... Lusignan ou Biron ?
Mon front est rouge encor du baiser de la Reine ;
J'ai rêvé dans la Grotte où nage la Syrène...

Et j'ai deux fois vainqueur traversé l'Achéron :
Modulant tour à tour sur la lyre d'Orphée
Les soupirs de la Sainte et les cris de la Fée.

GÉRARD DE NERVAL (1808-1855)
Les Chimères (1854)

Myrtho

Je pense à toi, Myrtho, divine enchanteresse,
Au Pausilippe altier, de mille feux brillant,
À ton front inondé des clartés d'Orient,
Aux raisins noirs mêlés avec l'or de ta tresse.

C'est dans ta coupe aussi que j'avais bu l'ivresse,
Et dans l'éclair furtif de ton œil souriant,
Quand aux pieds d'Iacchus on me voyait priant,
Car la Muse m'a fait l'un des fils de la Grèce.

Je sais pourquoi là-bas le volcan s'est rouvert...
C'est qu'hier tu l'avais touché d'un pied agile,
Et de cendres soudain l'horizon s'est couvert.

Depuis qu'un duc normand brisa tes dieux d'argile,
Toujours, sous les rameaux du laurier de Virgile,
Le pâle Hortensia s'unit au Myrte vert !

GÉRARD DE NERVAL (1808-1855)
Les Chimères (1854)

Delfica

La connais-tu, Dafné, cette ancienne romance,
Au pied du sycomore, ou sous les lauriers blancs,
Sous l'olivier, le myrte, ou les saules tremblants,
Cette chanson d'amour... qui toujours recommence ?...

Reconnais-tu le Temple au péristyle immense,
Et les citrons amers où s'imprimaient tes dents,
Et la grotte, fatale aux hôtes imprudents,
Où du dragon vaincu dort l'antique semence ?...

Ils reviendront, ces Dieux que tu pleures toujours !
Le temps va ramener l'ordre des anciens jours ;
La terre a tressailli d'un souffle prophétique...

Cependant la Sibylle au visage latin
Est endormie encor sous l'arc de Constantin
— Et rien n'a dérangé le sévère portique.

GÉRARD DE NERVAL (1808-1855)
Les Chimères (1854)

Artémis

La Treizième revient... C'est encor la première;
Et c'est toujours la Seule, — ou c'est le seul moment:
Car es-tu Reine, ô Toi! la première ou dernière?
Es-tu Roi, toi le Seul ou le dernier amant?...

Aimez qui vous aima du berceau dans la bière;
Celle que j'aimai seul m'aime encor tendrement:
C'est la Mort — ou la Morte... Ô délice! ô tourment!
La rose qu'elle tient, c'est la *Rose trémière*.

Sainte napolitaine aux mains pleines de feux,
Rose au cœur violet, fleur de sainte Gudule:
As-tu trouvé ta Croix dans le désert des Cieux?

Roses blanches, tombez! vous insultez nos Dieux,
Tombez, fantômes blancs, de votre ciel qui brûle:
— La Sainte de l'Abîme est plus sainte à mes yeux!

CHARLES BAUDELAIRE (1821-1867)
Les Fleurs du Mal (1857)

IV – Correspondances

La Nature est un temple où de vivants piliers
Laissent parfois sortir de confuses paroles ;
L'homme y passe à travers des forêts de symboles
Qui l'observent avec des regards familiers.

Comme de longs échos qui de loin se confondent
Dans une ténébreuse et profonde unité,
Vaste comme la nuit et comme la clarté,
Les parfums, les couleurs et les sons se répondent.

Il est des parfums frais comme des chairs d'enfants,
Doux comme les hautbois, verts comme les prairies,
— Et d'autres, corrompus, riches et triomphants,

Ayant l'expansion des choses infinies,
Comme l'ambre, le musc, le benjoin et l'encens,
Qui chantent les transports de l'esprit et des sens.

CHARLES BAUDELAIRE (1821-1867)
Les Fleurs du Mal (1857)

XII – La vie antérieure

J'ai longtemps habité sous de vastes portiques
Que les soleils marins teignaient de mille feux,
Et que leurs grands piliers, droits et majestueux,
Rendaient pareils, le soir, aux grottes basaltiques.

Les houles, en roulant les images des cieux,
Mêlaient d'une façon solennelle et mystique
Les tout-puissants accords de leur riche musique
Aux couleurs du couchant reflété par mes yeux.

C'est là que j'ai vécu dans les voluptés calmes,
Au milieu de l'azur, des vagues, des splendeurs
Et des esclaves nus, tout imprégnés d'odeurs,

Qui me rafraîchissaient le front avec des palmes,
Et dont l'unique soin était d'approfondir
Le secret douloureux qui me faisait languir.

CHARLES BAUDELAIRE (1821-1867)
Les Fleurs du Mal (1857)

CXXI – La mort des amants

Nous aurons des lits pleins d'odeurs légères,
Des divans profonds comme des tombeaux,
Et d'étranges fleurs sur des étagères,
Écloses pour nous sous des cieux plus beaux.

Usant à l'envi leurs chaleurs dernières,
Nos deux cœurs seront deux vastes flambeaux,
Qui réfléchiront leurs doubles lumières
Dans nos deux esprits, ces miroirs jumeaux.

Un soir fait de rose et de bleu mystique,
Nous échangerons un éclair unique,
Comme un long sanglot, tout chargé d'adieux ;

Et plus tard un Ange, entrouvrant les portes,
Viendra ranimer, fidèle et joyeux,
Les miroirs ternis et les flammes mortes.

CHARLES BAUDELAIRE (1821-1867)
Les Fleurs du Mal (1857)

XXXIII – Remords posthume

Lorsque tu dormiras, ma belle ténébreuse,
Au fond d'un monument construit en marbre noir,
Et lorsque tu n'auras pour alcôve et manoir
Qu'un caveau pluvieux et qu'une fosse creuse ;

Quand la pierre, opprimant ta poitrine peureuse
Et tes flancs qu'assouplit un charmant nonchaloir,
Empêchera ton cœur de battre et de vouloir,
Et tes pieds de courir leur course aventureuse,

Le tombeau, confident de mon rêve infini
(Car le tombeau toujours comprendra le poëte),
Durant ces longues nuits d'où le somme est banni,

Te dira : « Que vous sert, courtisane imparfaite,
De n'avoir pas connu ce que pleurent les morts ? »
— Et le ver rongera ta peau comme un remords.

CHARLES BAUDELAIRE (1821-1867)
Les Fleurs du Mal (ajout de la 3e éd., 1868)

Recueillement

Sois sage, ô ma Douleur, et tiens-toi plus tranquille.
Tu réclamais le Soir; il descend; le voici:
Une atmosphère obscure enveloppe la ville,
Aux uns portant la paix, aux autres le souci.

Pendant que des mortels la multitude vile,
Sous le fouet du Plaisir, ce bourreau sans merci,
Va cueillir des remords dans la fête servile,
Ma Douleur, donne-moi la main; viens par ici,

Loin d'eux. Vois se pencher les défuntes Années,
Sur les balcons du ciel, en robes surannées;
Surgir du fond des eaux le Regret souriant;

Le Soleil moribond s'endormir sous une arche,
Et, comme un long linceul traînant à l'Orient,
Entends, ma chère, entends la douce Nuit qui marche.

THÉODORE DE BANVILLE (1823-1891)
Les Exilés (1867)

Pasiphaé

Ainsi Pasiphaé, la fille du Soleil,
Cachant dans sa poitrine une fureur secrète,
Poursuivait à grands cris parmi les monts de Crète
Un taureau monstrueux au poil roux et vermeil,

Puis, sur un roc géant au Caucase pareil,
Lasse de le chercher de retraite en retraite,
Le trouvait endormi sur quelque noire crête,
Et, les seins palpitants, contemplait son sommeil ;

Ainsi notre âme en feu, qui sous le désir saigne,
Dans son vol haletant de vertige, dédaigne
Les abris verdoyants, les sources de cristal,

Et, fuyant du vrai beau la source savoureuse,
Poursuit dans les déserts du sauvage Idéal
Quelque monstre effrayant dont elle est amoureuse.

Juin 1854

THÉODORE DE BANVILLE (1823-1891)
Les Exilés (1867)

Cléopâtre

Dans la nuit brûlante où la plainte continue
Du fleuve pleure, avec son grand peuple éternel
De dieux, le palais, rêve effroyable et réel,
Se dresse, et les sphinx noirs songent dans l'avenue.

La blanche lune, au haut de son vol parvenue,
Baignant les escaliers élancés en plein ciel,
Baise un lit rose où, dans l'éclat surnaturel
De sa divinité, dort Cléopâtre nue.

Et tandis qu'elle dort, délices et bourreau
Du monde, un dieu de jaspe à tête de taureau
Se penche, et voit son sein où la clarté se pose.

Sur ce sein, tous les feux dans son sang recélés
Étincellent, montrant leur braise ardente et rose,
Et l'idole de jaspe en a les yeux brûlés.

Septembre 1865

THÉOPHILE GAUTIER (1811-1872)
Dernières poésies (posth.)

L'impassible

La Satiété dort au fond de vos grands yeux ;
En eux plus de désirs, plus d'amour, plus d'envie ;
Ils ont bu la lumière, ils ont tari la vie,
Comme une mer profonde où s'absorbent les cieux.

Sous leur bleu sombre on lit le vaste ennui des Dieux,
Pour qui toute chimère est d'avance assouvie,
Et qui, sachant l'effet dont la cause est suivie,
Mélangent au présent l'avenir déjà vieux.

L'infini s'est fondu dans vos larges prunelles,
Et devant ce miroir qui ne réfléchit rien
L'Amour découragé s'assoit, fermant ses ailes.

Vous, cependant, avec un calme olympien,
Comme la Mnémosyne à son socle accoudée,
Vous poursuivez, rêveuse, une impossible idée.

Chamarande, juillet 1866

THÉOPHILE GAUTIER (1811-1872)
Dernières poésies (posth.)

Le Sonnet

À maître Claudius Popelin, émailleur et poète.

Sonnet III

Les quatrains du Sonnet sont de bons chevaliers
Crêtés de lambrequins, plastronnés d'armoiries,
Marchant à pas égaux le long des galeries
Ou veillant, lance au poing, droits contre les piliers.

Mais une dame attend au bas des escaliers ;
Sous son capuchon brun, comme dans les féeries,
On voit confusément luire les pierreries ;
Ils la vont recevoir, graves et réguliers.

Pages de satin blanc, à la housse bouffante,
Les tercets, plus légers, la prennent à leur tour
Et jusqu'aux pieds du Roi conduisent cette infante.

Là, relevant son voile, apparaît triomphante
La *Belle*, la *Diva*, digne qu'avec amour
Claudius, sur l'émail, en trace le contour.

14 juillet 1870

TRISTAN CORBIÈRE (1845-1875)
Les Amours jaunes (1873)

I. SONNET

AVEC LA MANIÈRE DE S'EN SERVIR

Réglons notre papier et formons bien nos lettres :

Vers filés à la main et d'un pied uniforme,
Emboîtant bien le pas, par quatre en peloton ;
Qu'en marquant la césure, un des quatre s'endorme...
Ça peut dormir debout comme soldats de plomb.

Sur le *railway* du Pinde est la ligne, la forme ;
Aux fils du télégraphe : — on en suit quatre, en long ;
À chaque pieu, la rime — exemple : *chloroforme.*
— Chaque vers est un fil, et la rime un jalon.

— Télégramme sacré — 20 mots. — Vite à mon aide...
(Sonnet — c'est un sonnet —) ô Muse d'Archimède !
— La preuve d'un sonnet est par l'addition :

— Je pose 4 et 4 = 8 ! Alors je procède,
En posant 3 et 3 ! — Tenons Pégase raide :
« Ô lyre ! Ô délire ! Ô... » — Sonnet — Attention !

Pic de la Maladetta. — Août.

TRISTAN CORBIÈRE (1845-1875)
Les Amours jaunes (1873)

Le crapaud

Un chant dans une nuit sans air...
La lune plaque en métal clair
Les découpures du vert sombre.

... Un chant; comme un écho, tout vif
Enterré, là, sous le massif...
— Ça se tait: Viens, c'est là, dans l'ombre...

— Un crapaud! — Pourquoi cette peur,
Près de moi, ton soldat fidèle!
Vois-le, poète tondu, sans aile,
Rossignol de la boue... — Horreur! —

... Il chante. — Horreur!! — Horreur pourquoi?
Vois-tu pas son œil de lumière...
Non: il s'en va, froid, sous sa pierre.
. . . .
Bonsoir — ce crapaud-là c'est moi.

Ce soir, 20 juillet.

TRISTAN CORBIÈRE (1845-1875)
Les Amours jaunes (1873)

Bonsoir

Et vous viendrez alors, imbécile caillette,
Taper dans ce miroir clignant qui se paillette
D'un éclis d'or, accroc de l'astre jaune, éteint.
Vous verrez un bijou dans cet éclat de tain.

Vous viendrez à cet homme, à son reflet mièvre
Sans chaleur... Mais, au jour qu'il dardait la fièvre,
Vous n'avez rien senti, vous qui — midi passé —
Tombez dans ce rayon tombant qu'il a laissé.

Lui ne vous connaît plus, Vous, l'Ombre déjà vue,
Vous qu'il avait couchée en son ciel toute nue,
Quand il était un Dieu!... Tout cela — n'en faut plus. —

Croyez — Mais lui n'a plus ce mirage qui leurre.
Pleurez — Mais il n'a plus cette corde qui pleure.
Ses chants... — C'était d'un autre ; il ne les a pas lus.

CHARLES CROS (1842-1888)
Le Coffret de santal (2e édition, 1879)

Scène d'atelier[1]

À *Édouard Manet*

Sachant qu'Elle est futile, et pour surprendre à l'aise
Ses poses, vous parlez des théâtres, des soirs
Joyeux, de vous, marin, stoppant près des comptoirs,
De la mer bleue et lourde attaquant la falaise.

Autour du cou, papier d'un bouquet, cette fraise,
Ce velours entourant les souples nonchaloirs,
Ces boucles sur le front, hiéroglyphes noirs,
Ces yeux dont vos récits calmaient l'ardeur mauvaise,

Ces traits, cet abandon opulent et ces tons
(Vous en étiez, je crois, au club des Mirlitons[2])
Ont passé sur la toile en quelques coups de brosse.

Et la Parisienne, à regret, du sofa
Se soulevant, dit: « C'est charmant ! » puis étouffa
Ce soupir : « Il ne m'a pas faite assez féroce ! »

---

1. Ce sonnet a connu une première publication dans le numéro 1 de *La Revue du monde nouveau* (15 février 1874), fondée par Cros lui-même, accompagné d'une gravure représentant Nina de Villard d'après un tableau de Manet. Nina de Villard posa notamment pour *La Dame aux éventails*.
2. Salle d'armes où exposaient de jeunes peintres.

CHARLES CROS (1842-1888)
Le Coffret de santal (2ᵉ édition, 1879)

Avenir

Les coquelicots noirs et les bleuets fanés
Dans le foin capiteux qui réjouit l'étable,
La lettre jaunie où mon aïeul respectable
À mon aïeule fit des serments surannés,

La tabatière où mon grand-oncle a mis le nez,
Le trictrac incrusté sur la petite table
Me ravissent. Ainsi dans un temps supputable
Mes vers vous raviront, vous qui n'êtes pas nés.

Or, je suis très vivant. Le vent qui vient m'envoie
Une odeur d'aubépine en fleur et de lilas,
Le bruit de mes baisers couvre le bruit des glas.

Ô lecteur à venir, qui vivez dans la joie
Des seize ans, des lilas et des premiers baisers,
Vos amours font jouir mes os décomposés.

CHARLES CROS (1842-1888)
Le Collier de griffes (1908 posth.)

Dans la clairière[1]

À Adolphe Willette[2]

Pour plus d'agilité, pour le loyal duel,
Les témoins ont jugé qu'Elles se battraient nues.
Les causes du combat resteront inconnues ;
Les deux ont dit : Motif tout individuel.

La blonde a le corps blanc, plantureux, sensuel ;
Le sang rougit ses seins et ses lèvres charnues.
La brune a le corps d'ambre et des formes ténues ;
Les cheveux noirs-bleus font ombre au regard cruel.

Cette haie où l'on a jeté chemise et robe,
Ce corps qui tour à tour s'avance ou se dérobe,
Ces seins dont la fureur fait se dresser les bouts,

Ces battements de fer, ces sifflantes caresses,
Tout paraît amuser ce jeune homme à l'œil doux
Qui fume en regardant se tuer ses maîtresses.

---

1. Sonnet d'abord publié dans *Le Chat noir* du 6 mars 1886.
2. Célèbre pour ses dessins de Pierrot, Willette (1857-1926) était l'un des grands habitués du cabaret Le Chat noir ; il donna beaucoup de croquis à la revue du même nom.

EDMOND HARAUCOURT (1856-1942)
La Légende des sexes (1882)

Sonnet pointu

Reviens sur moi ! Je sens ton amour qui se dresse ;
Viens. J'ouvre mon désir au tien, mon jeune amant.
Là… Tiens… Doucement… Va plus doucement…
Je sens tout au fond ta chair qui me presse.

Rythme   ton   ardente   caresse
Au   gré   de   mon   balancement.
Ô   mon   âme… Lentement,
Prolongeons l'instant d'ivresse

Là… Vite ! Plus longtemps !
Je fonds ! Attends
Oui… Je t'adore…

Va ! Va ! Va !
Encore !
Ha !

JOSÉPHIN SOULARY (1815-1891)
Sonnets, poèmes et poésies (1864)

Le sonnet

Je n'entrerai pas là, — dit la folle en riant, —
Je vais faire éclater ce corset de Procuste[1]!
Puis elle enfle son sein, tord sa hanche robuste,
Et prête à contresens un bras luxuriant.

J'aime ces doux combats, et je suis patient.
Dans l'étroit vêtement qu'à sa taille j'ajuste,
Là serrant un atour, ici le déliant,
J'ai fait passer enfin tête, épaules et buste.

Avec art maintenant dessinons sous ces plis
La forme bondissante et les contours polis.
Voyez! la robe flotte et la beauté s'accuse.

Est-elle bien ou mal en ces simples dehors?
Rien de moins dans le cœur, rien de plus sur le corps,
Ainsi me plaît la femme, ainsi je veux la Muse.

---

1. Brigand que tua Thésée : il obligeait les voyageurs à s'allonger
sur un lit auquel il les ajustait en les étirant ou en leur coupant les
membres qui dépassaient.

JOSÉPHIN SOULARY (1815-1891)
Sonnets, poèmes et poésies (1864)

Une grande douleur [1]

Comme il vient de porter sa pauvre femme en terre,
Et qu'on est d'humeur triste un jour d'enterrement,
Au prochain cabaret il entre sans mystère ;
Sur les choses du cœur c'est là son sentiment.

Il se prouve en buvant que la vie est sévère,
Et, vu que tout bonheur ne dure qu'un moment,
Il regarde finir mélancoliquement
Le tabac dans sa pipe et le vin dans son verre ;

Deux voisins, ses amis, sont là-bas, chuchotant
Qu'il ne survivra pas à la défunte, en tant
Qu'elle était au travail aussi brave que quatre.

Et lui songe, les yeux d'une larme rougis,
Qu'il va rentrer, ce soir, ivre mort au logis,
Bien chagrin de n'y plus trouver personne à battre.

---

1. Ce sonnet parut à l'origine dans *Sonnets et eaux-fortes* (recueil collectif publié par A. Lemerre en 1868), en regard d'une eau-forte de Théodule Ribot (1823-1891). Il fut repris dans les *Œuvres poétiques* (1880) de Soulary, avec plusieurs variantes.

LECONTE DE LISLE (1818-1894)
Poèmes barbares (1889)

L'Ecclésiaste a dit : Un chien vivant vaut mieux
Qu'un lion mort. Hormis, certes, manger et boire,
Tout n'est qu'ombre et fumée. Et le monde est très vieux,
Et le néant de vivre emplit la tombe noire.

Par les antiques nuits, à la face des cieux,
Du sommet de sa tour comme d'un promontoire,
Dans le silence, au loin laissant planer ses yeux,
Sombre, tel il songeait sur son siège d'ivoire.

Vieil amant du soleil, qui gémissais ainsi,
L'irrévocable mort est un mensonge aussi.
Heureux qui d'un seul bond s'engloutirait en elle !

Moi, toujours, à jamais, j'écoute, épouvanté,
Dans l'ivresse et l'horreur de l'immortalité,
Le long rugissement de la Vie éternelle.

LECONTE DE LISLE (1818-1894)
Poèmes barbares (1889)

Paysage polaire

Un monde mort, immense écume de la mer,
Gouffre d'ombre stérile et de lueurs spectrales,
Jets de pics convulsifs étirés en spirales
Qui vont éperdument dans le brouillard amer.

Un ciel rugueux roulant par blocs, un âpre enfer
Où passent à plein vol les clameurs sépulcrales,
Les rires, les sanglots, les cris aigus, les râles,
Qu'un vent sinistre arrache à son clairon de fer.

Sur les hauts caps branlants, rongés des flots voraces,
Se roidissent les Dieux brumeux des vieilles races,
Congelés dans leur rêve et leur lividité ;

Et les grands ours, blanchis par les neiges antiques,
Çà et là, balançant leurs cous épileptiques,
Ivres et monstrueux, bavent de volupté.

JOSÉ MARIA DE HEREDIA (1842-1905)
Les Trophées (1893)

Les conquérants

Comme un vol de gerfauts hors du charnier natal,
Fatigués de porter leurs misères hautaines,
De Palos, de Moguer, routiers et capitaines
Partaient, ivres d'un rêve héroïque et brutal.

Ils allaient conquérir le fabuleux métal
Que Cipango mûrit dans ses mines lointaines,
Et les vents alizés inclinaient leurs antennes
Aux bords mystérieux du monde occidental.

Chaque soir, espérant des lendemains épiques,
L'azur phosphorescent de la mer des Tropiques
Enchantait leur sommeil d'un mirage doré ;

Ou, penchés à l'avant des blanches caravelles,
Ils regardaient monter en un ciel ignoré
Du fond de l'Océan des étoiles nouvelles.

PAUL VERLAINE (1844-1896)
Poèmes saturniens, « Melancholia » (1866)

Nevermore

Souvenir, souvenir, que me veux-tu ? L'automne
Faisait voler la grive à travers l'air atone,
Et le soleil dardait un rayon monotone
Sur le bois jaunissant où la bise détone.

Nous étions seul à seule et marchions en rêvant,
Elle et moi, les cheveux et la pensée au vent.
Soudain, tournant vers moi son regard émouvant :
« Quel fut ton plus beau jour ? » fit sa voix d'or vivant,

Sa voix douce et sonore, au frais timbre angélique.
Un sourire discret lui donna la réplique,
Et je baisai sa main blanche, dévotement.

— Ah ! les premières fleurs, qu'elles sont parfumées !
Et qu'il bruit avec un murmure charmant
Le premier *oui* qui sort de lèvres bien-aimées !

Le sonnet

PAUL VERLAINE (1844-1896)
Poèmes saturniens (1866)

Mon rêve familier

Je fais souvent ce rêve étrange et pénétrant
D'une femme inconnue, et que j'aime, et qui m'aime,
Et qui n'est, chaque fois, ni tout à fait la même
Ni tout à fait une autre, et m'aime et me comprend.

Car elle me comprend, et mon cœur, transparent
Pour elle seule, hélas ! cesse d'être un problème
Pour elle seule, et les moiteurs de mon front blême
Elle seule les sait rafraîchir, en pleurant.

Est-elle brune, blonde ou rousse ? — Je l'ignore.
Son nom ? Je me souviens qu'il est doux et sonore
Comme ceux des aimés que la Vie exila.

Son regard est pareil au regard des statues,
Et, pour sa voix, lointaine, et calme, et grave, elle a
L'inflexion des voix chères qui se sont tues.

PAUL VERLAINE (1844-1896)
Jadis et naguère (1885)

Sonnet boiteux

À Ernest Delahaye

Ah ! vraiment c'est triste, ah ! vraiment ça finit trop mal ;
Il n'est pas permis d'être à ce point infortuné.
Ah ! vraiment c'est trop la mort du naïf animal
Qui voit tout son sang couler sous son regard fané.

Londres fume et crie. Ô quelle ville de la Bible !
Le gaz flambe et nage et les enseignes sont vermeilles.
Et les maisons dans leur ratatinement terrible
Épouvantent comme un sénat de petites vieilles.

Tout l'affreux passé saute, piaule, miaule et glapit
Dans le brouillard rose et jaune et sale des *sohos*
Avec des *indeeds* et des *all rights* et des *haôs*.

Non vraiment c'est trop un martyre sans espérance,
Non vraiment cela finit trop mal, vraiment c'est triste :
Ô le feu du ciel sur cette ville de la Bible !

PAUL VERLAINE (1844-1896)
Jadis et naguère (1885)

Luxures

À Léo Trézenik

Chair ! ô seul fruit mordu des vergers d'ici-bas,
Fruit amer et sucré qui jutes aux dents seules
Des affamés du seul amour, bouches ou gueules,
Et bons desserts des forts, et leurs joyeux repas,

Amour ! le seul émoi de ceux que n'émeut pas
L'horreur de vivre, Amour qui presses sous tes meules
Les scrupules des libertins et des bégueules
Pour le pain des damnés qu'élisent les sabbats,

Amour, tu m'apparais aussi comme un beau pâtre
Dont rêve la fileuse assise auprès de l'âtre
Les soirs d'hiver dans la chaleur d'un sarment clair,

Et la fileuse c'est la Chair, et l'heure tinte
Où le rêve éteindra la rêveuse, — heure sainte
Ou non ! qu'importe à votre extase, Amour et Chair ?

ARTHUR RIMBAUD (1854-1891)
Poésies (posth.)

Le dormeur du val

C'est un trou de verdure où chante une rivière
Accrochant follement aux herbes des haillons
D'argent; où le soleil, de la montagne fière,
Luit: c'est un petit val qui mousse de rayons.

Un soldat jeune, bouche ouverte, tête nue,
Et la nuque baignant dans le frais cresson bleu,
Dort; il est étendu dans l'herbe, sous la nue,
Pâle dans son lit vert où la lumière pleut.

Les pieds dans les glaïeuls, il dort. Souriant comme
Sourirait un enfant malade, il fait un somme:
Nature, berce-le chaudement: il a froid.

Les parfums ne font pas frissonner sa narine;
Il dort dans le soleil, la main sur sa poitrine
Tranquille. Il a deux trous rouges au côté droit.

Octobre 1870

ARTHUR RIMBAUD (1854-1891)
Poésies (posth.)

Voyelles

A noir, E blanc, I rouge, U vert, O bleu : voyelles,
Je dirai quelque jour vos naissances latentes :
A, noir corset velu des mouches éclatantes
Qui bombinent autour des puanteurs cruelles,

Golfes d'ombre ; E, candeurs des vapeurs et des tentes,
Lances des glaciers fiers, rois blancs, frissons d'ombelles ;
I, pourpres, sang craché, rire des lèvres belles
Dans la colère ou les ivresses pénitentes ;

U, cycles, vibrements divins des mers virides,
Paix des pâtis semés d'animaux, paix des rides
Que l'alchimie imprime aux grands fronts studieux ;

Ô, suprême Clairon plein des strideurs étranges,
Silences traversés des Mondes et des Anges :
— Ô l'Oméga, rayon violet de Ses Yeux !

JULES LAFORGUE (1860-1887)
Le Sanglot de la terre (1880-1882)

Les boulevards

Sur le trottoir flambant d'étalages criards,
Midi lâchait l'essaim des pâles ouvrières,
Qui trottaient, en cheveux, par bandes familières,
Sondant les messieurs bien de leurs luisants regards.

J'allais, au spleen lointain de quelque orgue pleurard,
Le long des arbres nus aux langueurs printanières,
Cherchant un sonnet faux et banal où des bières
Causaient, lorsque je vis passer un corbillard.

Un frisson me secoua. — Certes, j'ai du génie,
Car j'ai trop épuisé l'angoisse de la vie !
Mais, si je meurs, ce soir, demain, qui le saura ?

Des passants salueront mon cercueil, c'est l'usage ;
Quelque voyou criera peut-être : « Eh ! bon voyage ! »
Et tout, ici-bas comme aux cieux, continuera.

STÉPHANE MALLARMÉ (1842-1898)
Poésies complètes (1887)

Le vierge, le vivace et le bel aujourd'hui
Va-t-il nous déchirer avec un coup d'aile ivre
Ce lac dur oublié que hante sous le givre
Le transparent glacier des vols qui n'ont pas fui !

Un cygne d'autrefois se souvient que c'est lui
Magnifique mais qui sans espoir se délivre
Pour n'avoir pas chanté la région où vivre
Quand du stérile hier a resplendi l'ennui.

Tout son col secouera cette blanche agonie
Par l'espace infligée à l'oiseau qui le nie,
Mais non l'horreur du sol où le plumage est pris.

Fantôme qu'à ce lieu son pur éclat assigne,
Il s'immobilise au songe froid de mépris
Que vêt parmi l'exil inutile le Cygne.

STÉPHANE MALLARMÉ (1842-1898)
Poésies complètes (1887)

Le tombeau d'Edgar Poe

Tel qu'en Lui-même l'éternité le change,
Le Poète suscite avec un glaive nu
Son siècle épouvanté de n'avoir pas connu
Que la mort triomphait dans cette voix étrange !

Eux, comme un vil sursaut d'hydre oyant jadis l'ange
Donner un sens plus pur aux mots de la tribu
Proclamèrent très haut du sortilège bu
Dans le flot sans honneur de quelque noir mélange.

Du sol et de la nue hostiles, ô grief !
Si notre idée avec ne sculpte un bas-relief
Dont la tombe de Poe éblouissante s'orne

Calme bloc ici-bas chu d'un désastre obscur,
Que ce granit du moins montre à jamais sa borne
Aux noirs vols du Blasphème épars dans le futur.

STÉPHANE MALLARMÉ (1842-1898)
Poésies complètes (1887)

Ses purs ongles très haut dédiant leur onyx,
L'Angoisse, ce minuit, soutient, lampadophore,
Maint rêve vespéral brûlé par le Phénix
Que ne recueille pas de cinéraire amphore

Sur les crédences, au salon vide : nul ptyx,
Aboli bibelot d'inanité sonore
(Car le Maître est allé puiser des pleurs au Styx
Avec ce seul objet dont le Néant s'honore).

Mais proche la croisée au nord vacante, un or
Agonise selon peut-être le décor
Des licornes ruant du feu contre une nixe,

Elle, défunte nue en le miroir, encor
Que, dans l'oubli fermé par le cadre, se fixe
De scintillations sitôt le septuor.

ÉMILE GOUDEAU (1850-1906)
dans *Anthologie des poètes français contemporains* (1929)

Le clown de l'Ironie

Brillamment, tout le jour, il avait combattu
Pour ses rêves, pour ses espoirs, pour ses idées,
Lançant, audacieux, ses forces débridées
À l'assaut du Bonheur — cet assiégé têtu.

Les assistants disaient : « Ce lutteur est vêtu
D'ironie et de grâce, et, par larges bordées,
Le rire éclate aux coins de ses lèvres fardées :
On ne l'a vu jamais ni las, ni courbatu. »

Le soir, il salua debout la galerie,
Clown élégant qui veut qu'au Public on sourie,
Puis, pour aller dormir un peu, se retira.

Dans le logis hanté du spleen et des migraines,
Il lorgna vaguement les étoiles sereines.
Et, quand il eut fermé sa fenêtre, il pleura...

GERARD MANLEY HOPKINS (1844-1889)
Poems (1918 posth.)

Not, I'll not, carrion comfort, Despair, not feast on thee;
Not untwist — slack they may be — these last strands of
    man
In me ór, most weary, cry *I can no more*. I can;
Can something, hope, wish day come, not choose not to be.
But ah, but O thou terrible, why wouldst thou rude on me
Thy wring-world right foot rock? lay a lionlimb against me?
    scan
With darksome devouring eyes my bruisèd bones? and fan,
O in turns of tempest, me heaped there; me frantic to
    avoid thee and flee?
Why? That my chaff might fly; my grain lie, sheer and clear.
Nay in all that toil, that coil, since (seems) I kissed the rod,
Hand rather, my heart lo! lapped strenght, stole joy, would
    laugh, cheer.
Cheer whom though? the hero whose heaven-handling
    flung me, fóot tród
Me? or me that fought him? O which one? is it each one?
    That night, that year
Of now done darkness I wretch lay wrestling with (my
    God!) my God.

Traduction de René Gallet
Le Naufrage du Deutschland et autres poèmes
Éd. Orphée/La Différence

Non, je ne veux, immonde réconfort, Désespoir, pas me
gorger de toi,
Ni défaire les ultimes fibres, même sans force, de l'homme
En moi, ou, harassé, crier «Je n'en puis plus». Je puis:
Puis quelque chose, espérer, souhaiter l'aube, ne pas choi-
sir de ne pas être.
Mais ah, mais ô terrible, pourquoi sur moi durement mouvoir
Ton pied droit étau-du-monde? M'infliger ta poigne de
lion? Scruter
De sombres yeux dévorants mes os meurtris? Et souffler
Ô ces brutales rafales sur moi, ramassé, éperdu du désir de
t'éviter et fuir.
Pourquoi? Pour que s'envole ma paille, que reste mon
grain, pur et net.
Et même en cette traverse, cette tourmente, puisque j'ai (je
crois) accepté sa puissance,
Sa main juste, mon cœur, oui!, a eu gorgée de force, déro-
bée de joie, prêt à rire, applaudir.
Mais applaudir qui? Le héros qui m'a de geste céleste jeté,
du pied
Pressé? Ou moi qui l'affrontais? Ô des deux lequel? Cha-
cun d'eux? Cette nuit, cette année-là
De ténèbres passées, j'ai lutté, en misérable, avec (mon
Dieu!) mon Dieu.

HENRI DE RÉGNIER (1864-1936)
Épisodes: Paroles dans la nuit (1888)
Mercure de France

La Terre douloureuse a bu le sang des Rêves,
Le vol évanoui des ailes a passé,
Et le flux de la Mer a, ce soir, effacé
Le mystère des pas sur le sable des grèves.

Au delta débordant son onde de massacre
Pierre à pierre ont croulé le temple et la cité,
Et sous le flot rayonne un éclair irrité
D'or barbare frisant au front d'un simulacre.

Vers la forêt néfaste vibre un cri de mort,
Dans l'ombre où son passage a hurlé gronde encor
La disparition d'une horde farouche;

Et le masque muet du Sphinx où nul n'explique
L'énigme qui crispait la ligne de sa bouche
Rit dans la pourpre en sang de ce coucher tragique.

PIERRE LOUŸS (1870-1925)
Astarté (1892)

Pégase

À José Maria de Heredia

De ses quatre pieds purs faisant feu sur le sol,
La Bête chimérique et blanche s'écartèle,
Et son vierge poitrail qu'homme ni dieu n'attelle
S'éploie en un vivace et mystérieux vol.

Il monte, et la crinière éparse en auréole
Du cheval décroissant fait un astre immortel
Qui resplendit dans l'or du ciel nocturne, tel
Orion scintillant à l'air glacé d'Éole.

Et comme au temps où les esprits libres et beaux
Buvaient au flot sacré jailli sous les sabots
L'illusion des sidérales chevauchées,

Les Poètes en deuil de leurs cultes perdus
Imaginent encor sous leurs mains approchées
L'étalon blanc bondir dans les cieux défendus.

ALBERT SAMAIN (1858-1900)
Au Jardin de l'Infante (1893)

Soirs

II

Le Séraphin des soirs passe le long des fleurs...
La Dame-aux-Songes chante à l'orgue de l'église ;
Et le ciel, où la fin du jour se subtilise,
Prolonge une agonie exquise de couleurs.

Le Séraphin des soirs passe le long des cœurs...
Les vierges au balcon boivent l'amour des brises ;
Et sur les fleurs et sur les vierges indécises
Il neige lentement d'adorables pâleurs.

Toute rose au jardin s'incline, lente et lasse,
Et l'âme de Schumann errante par l'espace
Semble dire une peine impossible à guérir...

Quelque part une enfant très douce doit mourir...
Ô mon âme, mets un signet au livre d'heures,
L'Ange va recueillir le rêve que tu pleures.

ALBERT SAMAIN (1858-1900)
Au Jardin de l'Infante (1893)

Keepsake[1]

Sa robe était de tulle avec des roses pâles,
Et rose-pâle était sa lèvre, et ses yeux froids,
Froids et bleus comme l'eau qui rêve au fond des bois,
La mer Tyrrhénienne aux langueurs amicales

Berçait sa vie éparse en suaves pétales.
Très douce elle mourait, ses petits pieds en croix ;
Et, quand elle chantait, le cristal de sa voix
Faisait saigner au cœur ses blessures natales.

Toujours à son poing maigre un bracelet de fer,
Où son nom de blancheur était gravé « Stéphane »,
Semblait l'anneau rivé de l'exil très amer.

Dans un parfum d'héliotrope diaphane
Elle mourait, fixant les voiles sur la mer,
Elle mourait parmi l'automne... vers l'hiver...

Et c'était comme une musique qui se fane...

---

1. De *To keep for somebody's sake* : « garder par égard pour quel-qu'un » ; livre-album, composé de textes accompagnés de gravures, destiné à être offert — après qu'on l'a dédicacé au destinataire à l'endroit prévu à cet effet lors de l'impression. Cette pratique éditoriale connut un vif succès durant la période romantique.

MARCEL SCHWOB (1867-1905)
Poésies en argot dans *Écrits de jeunesse*
(posthume, 1928)

L'emballage

Le poupard était bon : la raille nous aggriffe,
Marons pour estourbir notre blot dans le sac.
Il fallait être mous tous deux comme une chiffe
Pour se laisser paumer sur un coup de fric-frac.

Nous sommes emballés sans gonzesse, sans riffe,
Où nous faisions chauffer notre dard et son crac
Chez le bistro du coin, la sorgue, quand on briffe
En se palpant de près, la marmite et son mac.

Le Mazarot est noir ; pas de rouges bastringues,
Ni de perroquets verts chez les vieils mannezingues ;
Il faut être rupin, goupiner la mislocq.

Bouffer sans mettre ses abatis sur la table
Et ne pas jaspiner le jars devant un diable ;
Nous en calancherons, de turbiner le chocq.

ROBERT D'HUMIÈRES (1868-1915)
Du désir aux Destinées (1902)

Carpe diem

Guéris-toi d'espérer et de croire, bafoue
Dogmes, dieux, et vis sans souci du lendemain,
Essuyant humblement du revers de la main
Le goût de l'éternel à ta lèvre de boue.

Qu'importe que tes vœux soient fiers, que ton chemin
Éventre l'horizon, l'Idéal à la proue !
Abject tu l'es essentiellement, avoue !
Cueille l'heure, — jouis, comme un pourceau romain ;

C'est la vieille sagesse infâme de la terre.
Enfin convalescent du mal héréditaire,
Ris au large banquet de l'appétit vainqueur.

L'Amour et le Devoir que le martyre enivre
La raison les dénie aux appels de ton cœur,
Jouis avec fureur et désespoir de vivre.

LAURENT TAILHADE (1854-1919)
Poèmes aristophanesques (1904)

Initiation

À Saint-Mandé. — Parmi les badauds hésitants,
Le cornac loue avec pudeur sa marchandise,
Une Vénus d'un poids énorme et, qu'on le dise !
Montrée aux hommes seuls de plus de dix-huit ans.

Des militaires, des loustics entre deux âges
Pénètrent, soucieux du boniment complet,
Sous la tente où, massive et fidèle aux usages,
La dame, en tutu rose, exhibe son mollet.

Seul, un potache ému de cette plasmature
Gigantale, pour voir des pieds à la ceinture,
Allonge un supplément dans le bassinet gras.

Et tandis que, penaud, vers l'estrade il s'amène,
D'un accent maternel et doux, le Phénomène
Lui dit : « Tu peux toucher, Monsieur, ça ne mord pas. »

REMY DE GOURMONT (1858-1915)
Divertissements (1913)

La voix

À N...

Sonnet en prose

Je vais vers la mer qui m'emplira les oreilles de son bruit. Je vais vers la forêt qui m'emplira le cœur de son silence. Et je jouirai du bruit comme d'un silence et du silence comme de ta voix.

Ta voix, c'est tout ce que j'emporte. Elle répondra au bruit, elle répondra au silence : car il faut répondre aux invités de la nature. Quand elle nous prend au dépourvu, elle nous dévore. J'aurai ta voix.

J'aurai ton rire, qui est la voix plus belle, ton rire qui tomba comme une pluie sur la terre sèche de mon cœur.

Ainsi la nature verra que je ne suis pas nu ni désarmé contre ses ruses. Parmi le bruit ou le silence j'aurai ta voix.

JEAN DE LA VILLE DE MIRMONT
(1886-1914)
L'Horizon chimérique (1920)
Éd. Champ Vallon

Vous pouvez lire, au tome trois de mes Mémoires,
Comment, pendant quinze ans captif chez les Papous,
J'eus pour maître un monarque exigeant après boire
Qu'au son des instruments on lui cherchât ses poux.

Mais j'omis à dessein, en narrant cette histoire,
Plusieurs détails touchant l'Infante Laïtou,
Fille royale au sein d'ébène, aux dents d'ivoire
Dont la grâce rendit mon servage plus doux.

Depuis que les échos des Nouvelles-Hébrides
Qui répétaient les cris de nos amours hybrides,
Terrifiant, la nuit, les marins naufragés,

S'éteignirent au creux des rivages sonores,
Laïtou, Laïtou, te souvient-il encore
Du seul de tes amants que tu n'aies point mangé ?

PAUL VALÉRY (1871-1945)
Charmes, dans *Poésies* (1922)
Poésie/Gallimard

La dormeuse

Quels secrets dans son cœur brûle ma jeune amie,
Âme par le doux masque aspirant une fleur ?
De quels vains aliments sa naïve chaleur
Fait ce rayonnement d'une femme endormie ?

Souffle, songes, silence, invincible accalmie,
Tu triomphes, ô paix plus puissante qu'un pleur,
Quand de ce plein sommeil l'onde grave et l'ampleur
Conspirent sur le sein d'une telle ennemie.

Dormeuse, amas doré d'ombres et d'abandons,
Ton repos redoutable est chargé de tels dons,
Ô biche avec langueur longue auprès d'une grappe,

Que malgré l'âme absente, occupée aux enfers,
Ta forme au ventre pur qu'un bras fluide drape,
Veille ; ta forme veille, et mes yeux sont ouverts.

| RAINER MARIA RILKE (1875-1926)
| *Sonnets à Orphée* (1922)[1]

I, 1

Da stieg ein Baum. O reine Übersteigung!
O Orpheus singt! O hoher Baum im Ohr!
Und alles schwieg. Doch selbst in der Verschweigung
ging neuer Anfang, Wink und Wandlung vor.

Tiere aus Stille drangen aus dem klaren
gelösten Wald von Lager und Genist;
und da ergab sich, daß sie nicht aus List
und nicht aus Angst in sich so leise waren,

Sondern aus Hören. Brüllen, Schrei, Geröhr
schien klein in ihren Herzen. Und wo eben
kaum eine Hütte war, dies zu empfangen,

Ein Unterschlupf aus dunkelstem Verlangen
mit einem Zugang, dessen Pfosten beben, —
da schufst du ihnen Tempel im Gehör.

---

1. Les *Sonnets à Orphée*, composés en février 1922, furent « écrits
comme un monument funéraire pour Wéra Ouckama Knoop », une
musicienne en qui Rilke voyait une incarnation de la musique, donc
d'Orphée, emblème de la poésie.

Traduction de Maurice Regnaut

dans *Anthologie bilingue de la poésie allemande*, sous la direction de J.-P. Lefebvre, Gallimard, « Bibliothèque de la Pléiade »

I, I

Lors s'éleva un arbre. Ô pure élévation !
Ô c'est Orphée qui chante ! Ô grand arbre en l'oreille !
Et tout se tut. Mais cependant ce tu lui-même
fut commencement neuf, signe et métamorphose.

Hors du gîte et du nid surgirent de la claire
forêt qui se déliait des têtes de silence ;
et lors il s'avéra que c'était non la ruse
et non la peur qui les rendaient si silencieuses,

Mais l'écoute. En leurs cœurs, rugir, hurler, bramer
parut petit. Et là où n'existait qu'à peine
une cabane, afin d'accueillir cette chose,

un pauvre abri dû au désir le plus obscur,
avec une entrée aux chambranles tout branlants,
tu leur fis naître alors des temples dans l'ouïe —

ROBERT DESNOS (1900-1945)
Les nuits blanches, dans *Destinée arbitraire*
(1930-1939, publication posthume)

Poésie/Gallimard

Ô jeunesse

Ô jeunesse voici que les noces s'achèvent
Les convives s'en vont des tables du banquet
Les nappes sont tachées de vin et le parquet
Est blanchi par les pas des danseurs et des rêves

Une vague a roulé des roses sur la grève
quelque amant malheureux jeta du haut du quai
Dans la mer en pleurant reliques et bouquets
Et les rois ont mangé la galette et la fève

Midi flambant fait pressentir le crépuscule
Le cimetière est plein d'amis qui se bousculent
que leur sommeil soit calme et leur mort sans rigueur

Mais tant qu'il restera du vin dans les bouteilles
qu'on emplisse mon verre et bouchant mes oreilles
J'écouterai monter l'océan dans mon cœur

ROBERT DESNOS (1900-1945)
À la caille (1944), dans *Destinée arbitraire*
(1930-1939, publication posthume)
Poésie/Gallimard

Petrus d'Aubervilliers

Parce qu'il est bourré d'aubert et de bectance
L'auverpin mal lavé, le baveux des pourris
Croit-il encor farcir ses boudins par trop rances
Avec le sang des gars qu'on fusille à Paris ?

Pas vu ? Pas pris ! Mais il est vu, donc il est frit,
Le premier bec de gaz servira de potence.
Sans préventive, sans curieux et sans jury
Au demi-sel qui nous a fait payer la danse.

Si sa cravate est blanche elle sera de corde.
Qu'il ait des roustons noirs ou bien qu'il se les morde,
Il lui faudra fourguer son blaze au grand pégal.

Il en bouffe, il en croque, il nous vend, il nous donne
Et, à la Kleberstrasse, il attend qu'on le sonne
Mais nous le sonnerons, nous, sans code pénal.

JEAN CASSOU (1897-1986)
Trente-trois sonnets composés au secret (1944)
Poésie/Gallimard

V

Les poètes, un jour, reviendront sur la terre.
Ils reverront le lac et la grotte enchantée,
les jeux d'enfants dans les bocages de Cythère,
le vallon des aveux, la maison des péchés,

et toutes les amies perdues dans la pensée,
les sœurs plaintives et les femmes étrangères,
le bonheur féerique et la douce fierté
qui posait des baisers à leur front solitaire.

Et ils reconnaîtront, sous des masques de folles,
à travers Carnaval, dansant la farandole,
leurs plus beaux vers enfin délivrés du sanglot

qui les fit naître. Alors, satisfaits, dans le soir,
ils s'en retourneront en bénissant la gloire,
l'amour perpétuel, le vent, le sang, les flots.

JACQUES ROUBAUD (né en 1932)
∈ (1967)
Poésie/Gallimard

Suites pour violoncelle seul ●   [GO 116]

la voix qui s'arrachait de la poix du temps
non pas voix mais ligne projets de distances
qu'il fallait prendre en aveugle d'un seul sens
à travers les exemples d'air chuchotant

disait   sans mots   disait sur les blancs du jour
sur les noires de la nuit montant encore
et toute d'elle même caveau et flore
disait la voix frileuse des âges gourds

tombe disait tombe dans mon cœur bruyant
glisse dessous la ténèbre os de duvet
jacques résine glisse glisse criant

et j'étais comme du soir qu'elle buvait
la voix arrière la voix longue la sce
llée la sombre et signe où je m'enfouissais[1]

---

1. ∈ (*Signe d'appartenance*) « se compose, en principe, de 361 textes, qui sont les 180 pions blancs et les 181 pions noirs d'un jeu de go » ; « les textes ou pions appartiennent aux variétés suivantes : sonnet, sonnets courts, sonnets interrompus, sonnets en prose, sonnets courts en prose […] ».

RAYMOND QUENEAU (1903-1976)
Fendre les flots (1969)
Poésie/Gallimard

La voie du silence

Il ne faut pas siffler entre ses dents la nuit
on risque d'attirer à soi une sirène
voilà un fait divers qui en ferait du bruit
il vaut bien mieux se taire et tenir son haleine

en longeant le rivage au bas de la falaise
il ne faut pas non plus proférer quelque cri
on risque d'attirer à soi la terre glaise
s'écroulant du sommet entraînant les débris

de quelque château fort en sa période ultime
il ne faut pas non plus en ce lieu maritime
imiter de la bouée un triste beuglement

on risque d'attirer à soi l'infirmerie
et de se voir jeter dans un puits de folie
il vaut bien mieux mugir silencieusement

ALAIN BOSQUET (1919-1998)
Sonnets pour une fin de siècle (1980)
Poésie/Gallimard

La mort simple

Je prenais mon café, ni bougon ni joyeux,
ce matin, quand j'ai lu dans mon journal cinq lignes
qui annonçaient ma mort. La surprise passée,
je me suis dit qu'on me donnait enfin le droit

de n'être plus personne. Ainsi je me sens libre
d'aller où je l'entends, d'aimer qui je rencontre,
d'agir sans le souci d'aucune éthique. Au fond,
pour un vieil écrivain, savoir qu'il est posthume

ne manque pas d'attrait. L'anonymat me va
comme un linceul de luxe. Et tout à coup j'y songe :
pourquoi n'irais-je pas lundi à mes obsèques ?

Les fleurs seront jolies. Une actrice lira
un poème de moi. Je dirai aux amis
que je suis très heureux de les avoir quittés.

WILLIAM CLIFF (né en 1940)
America (1983)
Gallimard

20

ce soir le vent s'en vient sur le Rio de la Plata
de la mer apporter ses battements d'ailes puissantes
on voit sur l'horizon clignoter des rangées de lampes
il y a sans doute des gens qui forniquent là-bas

un peu partout des bateaux comme nous ont jeté l'ancre
le port de Buenos Aires est encombré il faut attendre
que d'autres bateaux s'en aillent pour qu'on trouve un
　　　endroit
où le navire à sa dernière darse amarrera

une semaine au moins nous resterons dans cette boue
à tourner lentement autour de l'ancre au gré du vent
et à nous détester de plus en plus au fil des jours

rien n'étant plus affreux que de rester ainsi longtemps
forcés à ne plus que nous regarder mais si le vent nous
　　　bouge
c'est pour nous rappeler que le seul Port c'est l'Océan

GUY GOFFETTE (né en 1947)
La montée au sonnet (Pour un art poétique), dans
La Vie promise (1991)
Poésie/Gallimard

I

Treize encore et non douze ou quatorze,
malgré qu'on en ait, et comme pour ménager
un peu l'animal dans la montée au sonnet
et retarder la chute inévitable.

Si la voix tombe avant la fin du morceau,
c'est sans doute faute de vouloir une musique
autre que le silence élargissant le souffle
au-delà de soi-même.

Comme le jardin d'ombres dans le trille
inachevé du roitelet prend toute sa mesure,
le treizième apôtre seul à table, ignorant
le pendu, lève son verre

à l'espace innombrable des étoiles.

JACQUES RÉDA (né en 1929)
L'Incorrigible (1995)
Gallimard

Le charpentier

Ce poème s'écrit sous l'œil d'un charpentier
Qui s'active au sommet de la maison voisine
Avec des bruits de clous, de brosse et de mortier.
Peut-être me voit-il (et la petite usine

Que font ma cigarette, un crayon, la moitié
D'une feuille où ma main hésitante dessine)
Comme un échantillon d'un étrange métier
Qu'on exerce immobile au fond de sa cuisine.

À chacun son domaine. Il faut dire pourtant
Que, du sien, mon travail n'est pas aussi distant
Qu'il peut le croire : lui, répare une toiture

Tuile à tuile, et moi mot à mot je me bâtis
Une de ces maisons légères d'écriture
Dont je sors volontiers, laissant là mes outils,

Pour aller respirer un peu dans la nature.

ROBERT MARTEAU (né en 1925)
Louange (1996)
Éd. Champ Vallon

L'assemblage des mots, comme l'appareillage
D'un mur, se fait à la fois à tâtons, à vue
D'œil et à l'ouïe, où le doigté intervient,
Qui permet de tenir dans le temps suspendu
La phrase à l'écoute autant du matériau
Dont elle se bâtit au fur et à mesure
De son exploit que de choses de la mémoire
Qu'elle convoque pour les dire avant d'en être
Faite, imitant ainsi le monde qui advient
De ce qu'il sera. Cervantès le sut et fit
Son livre de chevalerie avec des sons
Ramassés sous le pied d'une mule, mêlés
Par innocence conquise à l'enchanteresse
Voix du cheval dans les romans aventureux.

(Samedi 15 septembre 1990)

LIONEL RAY (né en 1935)
Syllabes de sable (1996)
Gallimard

Seconde après seconde le soleil
entre dans la chambre, il est venu
de la proche montagne, a traversé
l'écroulement silencieux des nuages

Puis l'haleine de la clarté toucha
les toits et les vitres, et de mouvantes
géométries sont apparues sur la table
et le papier, cheminant entre les doigts,

Entre les mots, dans les zones indécises
du silence, et tu te demandais
si cela qui vibre sur la page était

Du temps, un temps très ancien,
visiteur furtif qui approche à pas feutrés
puis disparaît sans écho[1].

---

1. Dernier poème du recueil.

JACQUES DARRAS (né en 1939)
Petite somme sonnante (1998)
Éd. Mihaly

Le sonnet, me dis-tu — je mangeais un merlan
Que le menu m'avait décrit comme « en colère »
Mais dont l'ire apparente par frayeur s'était tue
Devant les saillies marines de la cuisinière —
Le sonnet, repris-tu — tandis que ton regard
Plongeait par la vitre d'aquarium nous séparant
De la rue, du parapet du pont sous lequel
Coule la Seine au pied de l'aile du Louvre d'un plastique
Habillée (l'architecture est de la cuisine
Appliquée aux belles pierres) —, le sonnet — tu te tus
Presque alors cependant qu'une arête luttait,
La seule, la dernière contre ma glotte courroucée,
Rebelle entrée en rébellion par manque d'audace
De Poisson Père — doit être d'un bloc pour être cru.

EMMANUEL HOCQUARD (né en 1940)
Un test de solitude (1998)
P.O.L.

XV

La règle dit que *voir* est un verbe d'action.
Je change la règle et je dis que *voir* est un verbe
d'état (ou de changement d'état).
Ce qui est évident quand on y réfléchit.
Je vois une feuille. Je ramasse une feuille.
Les deux phrases ne sont pas équivalentes.
Je dessine une feuille est encore autre chose.
Giacometti voit un chien. Ce chien qu'il voit ce
jour-là.
Il dit : « Je suis ce chien. »
Il fait la sculpture de ce chien. Autoportrait.
Je vois Viviane.
Viviane est Viviane.
J'écris les sonnets de Viviane.

EMMANUEL HOCQUARD (né en 1940)
Un test de solitude (1998)
P.O.L.

Le mythe de la caVerne

et figure-toi le long de ce petit mur de vaines
images portant des objets le long de cette route
s'il y avait un écho chaque fois les yeux éblouis
montée rude et escarpée espèce de matière entre le
feu et les prisonniers pareille aux cloisons passe
une route élevée des ombres d'objets qui reflètent
leur apparition pendant le jour le soleil montreur
de marionnettes l'arrache de sa caverne nuit des
corps célestes ce qu'il voyait avec ses illusions et
contempler les eaux ensuite les objets cela il
pourra réfléchir le mur et des statuettes qu'un
valet de charrue dresse dans la caverne lorsqu'à la
fin ce sera le soleil lui-même à sa vraie place habile
à distinguer des animaux de pierre en bois aveuglés

JACQUES ROUBAUD (né en 1932)
*La forme d'une ville change plus vite, hélas,
que le cœur des humains* (1999)
Gallimard

II

The Description

Le drap est noir, la morte blanche, lumière inverse
    La Mort vient d'échanger au jour le noir, le blanc,
    La lampe des oiseaux se calcine sifflant,
    Je vois des doigts, un peu de sang, le Soleil verse.
Par ce renversement la Mort me fait promesse
    De ne me livrer rien qui soit tranquille et sûr,
    Les lames du miroir qui enflamment le mur,
    Ne se voilent d'aucun souffle, car elle cesse.
Elle cesse dormant; le passé qui s'en va
    Vide le cendrier et dépouille l'instant
    Du droit à la couleur, de paraître au silence.
Alors je vois bouger ses yeux qui fermeront,
    Se fermèrent, fermaient, ferment plus que du temps,
    Qu'une chambre, qu'un lit, qu'un arbre, qu'une tombe[1].

_____

1. Ce poème est le deuxième d'une section intitulée « Square des Blancs-Manteaux, 1983. Méditation de la mort, en sonnets, selon le protocole de Joseph Hall », et qui en comporte dix-huit.

| MARCEL BÉNABOU (né en 1939)

Les chats[1]

Les amoureux fervents des matins triomphants
Aiment également dans le cabinet noir
Les chats puissants et doux comme des chairs d'enfants
Qui comme eux sont frileux sous l'écorce des pierres.

Amis de la science et de Pasiphaé
Ils cherchent le silence et les cris de la fée.
L'Érèbe les eût pris au soir à la chandelle
S'ils pouvaient au servage adorer l'Éternel.

Ils prennent en songeant cette mâle gaîté
Des grands sphinx allongés au Théâtre-Français
Qui semblent s'endormir aux feuillets souvent lus.

Leurs reins féconds sont pleins d'un reste de verdure
Et des parcelles d'or d'une profonde nuit
Étoilent vaguement des vols qui n'ont pas fui.

---

1. Composé par un membre de l'Oulipo, ce sonnet est réalisé selon le principe des alexandrins greffés (le premier et le second hémistiche de chaque vers sont empruntés à des poèmes différents).

JACQUES RÉDA (né en 1929)
L'Adoption du système métrique (2004)
Gallimard

L'oratoire

Je n'avais jamais remarqué la petite chapelle
Dont l'étrange clocher fait plutôt penser à Nijni-
Novgorod qu'à la Beauce. En effet, ni la plaine ni
Des bois de bouleaux alentour, et ces grands coups de pelle
Du vent dans le brouillard où la rose du jour finit
Par éclore, ne sont très différents d'une éternelle
Russie. Un ou deux toits dans des labours bistre et cannelle
Se terrent contre l'horizon qui borde l'infini.

Qui pourrait-on prier dans ce minuscule oratoire
Tel un amer dressé pour tenir au large l'Histoire
Qui croise et se rapproche avec ses énormes cargos ?
— Le vieux vent toujours neuf, peut-être, et qu'il souffle en
    rafale,
Obligeant même à ralentir la rose triomphale
Dans son ascension sur les bois dont tous les échos
Se taisent.

JACQUES ROUBAUD (né en 1932)

Churchill 40 et autres sonnets de voyage 2000-2003 (2004)

Gallimard

26. Un sonnet

— Un sonnet, c'est un objet d'art? — De plus en plus.
— Penses-tu le sonnet comme une installation
De lettres et de blancs? — Sans doute. L'émotion
Est dans la présentation sur la page lue

En mémoire. — Un sonnet serait émotionnel?
— Oui. Ses divisions l'imposent. Mais aucun vers
N'a d'émotion.

       J'en ai assez dit sur le verre
Mi-vide mi-plein de réel et d'irréel

Du sonnet.   *Any questions?* — Et si je te dis
GEL? — Je tais. — Lumière? — Je réponds : mercredi.
Quand j'ai mis lumière en sonnet je me sens bien,

Paisible, enveloppé d'oiseaux et d'un rectangle
Compact. — Proportions? — Quatorze sur douze. Bien
Plus à l'aise que dans la compagnie des anges.

14 mars 2000, San Francisco-Paris (Delta Airlines)

JACQUES ROUBAUD (né en 1932)
Churchill 40 et autres sonnets de voyage 2000-2003 (2004)
Gallimard

<u>envoi</u>

Le banc

J'aurais un banc avec mon nom. Mais *Russell Square*
Nonobstant son voisinage pour logicien
(*Herbrand, Montague streets*) ne me paraît pas bien
Protégé contre les coups de quelque arbitraire
London Council (le banc de mrs *Anstruther*
Jane, érigé « *to her memory, by her friends* »
N'est plus, où je lisais le *Times*, avant d'atteindre
The British Library's Reading Room). Donc, que faire ?
Comme Frank Venaille acheter à *Kew Gdns*
Un emplacement, s'il en est de disponibles,
Sous un grand hêtre où habitent des écureuils
Je voudrais, de mon vivant m'y asseoir, la Bible
    Du Roi James sur mes genoux, pieds dans les feuilles
    Lire : que tout est vain. Et puis : que tout est vain.

Septembre 2003

Table des sonnets

Du tableau

au texte

Alain Jaubert

Du tableau au texte

Deux femmes au bain,
dit aussi *Gabrielle d'Estrées*
et une de ses sœurs,
anonyme de l'École de Fontainebleau

… l'image est devenue une sorte de fétiche culturel…

C'est un tableau qui ne passe pas inaperçu, l'un des plus célèbres du Louvre, devant lequel touristes curieux et amateurs d'art se pressent nombreux chaque jour. Deux femmes torse nu regardent le spectateur. Une brune, une blonde. La brune tient délicatement entre le pouce et l'index le tétin droit de la blonde. Depuis sa réapparition en 1937, l'image a connu un succès mondial. Détournée ou citée par les peintres (Lucian Freud, Paul Wunderlich, Georges Rohner, Paul Delvaux, Robert Combas, Alain Jacquet…), mille fois utilisée telle quelle ou « modernisée » par les dessinateurs humoristiques, récupérée par les publicitaires qui en ornent leurs affiches pour compagnies aériennes, leurs réclames pour grands joailliers ou leurs couvercles pour boîtes de chocolats, pillée en entier ou en partie par les magazines pour illustrer des articles sur l'art, les mœurs, la sexualité, l'hygiène, la mode, les bijoux ou la beauté, rejouée par les cinéastes, les photographes ou les dramaturges (John Boorman, Arrabal…), servant de bannière aux publications des mouvements gays ou lesbiens, l'image est devenue une sorte de fétiche culturel. Elle

est perçue à première vue comme une image érotique bien que le scénario n'en soit pas aisément
décryptable.

On ne sait pas qui a peint cette œuvre. Par contre,
une partie de son histoire est délicieusement anecdo-
tique. Le tableau était suspendu au milieu du XIXe siècle
dans un bureau de la Préfecture de Police de Paris.
Avait-il été saisi comme image obscène chez un particulier ou était-il déposé là comme bien national, nul ne
le sait. Comme l'image troublait un peu trop les visi-
teurs, on la cacha derrière un rideau. Un jour, très
longtemps après, quelqu'un voulut envoyer le rideau
au lavage. Stupeur, le tableau avait disparu ! Il réap-
paraît en 1891 dans une vente à Auxerre. Un baron
l'achète. Le conservateur René Huyghe en fait l'acqui-
sition pour le Louvre, trois ans avant la Seconde Guerre
mondiale.

*... identifier le personnage principal comme étant
Gabrielle d'Estrées...*

Le tableau, peint à l'huile sur un panneau de bois,
mesure 96 centimètres de haut sur 1,25 mètre de large.
Les deux personnages principaux sont donc représen-
tés grandeur nature, ce qui joue beaucoup dans l'effet
de séduction de cette peinture. Au premier plan, un
grand rideau de soie rouge clair, écarté et relevé,
encadre la scène comme pour figurer un petit théâtre.
Les deux femmes sont dans une baignoire doublée
d'un drap gris-bleu. Elles se ressemblent beaucoup :
fronts très hauts, petites bouches bien ourlées, grands
yeux en amande, cous charnus, épaules rondes, seins
menus, tailles peu marquées, longues mains aux doigts

effilés. À ces signes physiques s'ajoutent les parallélismes de la parure : cheveux crêpés très haut, sourcils épilés jusqu'à l'obtention d'un trait mince en arc de cercle, perles en pendants d'oreilles. Les gestes aussi sont semblables. La brune a le même mouvement des doigts pour saisir le tétin de la blonde que celle-ci pour tenir une bague d'or à monture carrée portant un saphir et montrée ostensiblement au premier plan.

Derrière les femmes, le même rideau retombe et, comme il est dans l'ombre, il paraît d'un ton bordeaux foncé. Entre les pans du rideau, un espace au fond : une cheminée où brûle un feu, une table recouverte d'une nappe verte, une femme assise penchée sur un tissu qu'elle est peut-être en train de coudre. Au mur un petit miroir carré. Au-dessus de la cheminée, un tableau dont le haut est caché par un volant de la tenture : un personnage masculin nu, les reins ceints d'une peau de bête, est affalé, tenant dans sa main un objet contourné qui pourrait être soit un arc, soit une corne d'animal servant de hanap, soit encore une corne d'abondance.

Le style du tableau l'a fait rattacher à l'École de Fontainebleau. À la fin du XIXe siècle, à la suite des historiens de la gravure, ceux de la peinture ont défini cette « école » afin d'y rassembler les peintres italiens que François Ier avait fait venir à partir de 1530 pour réaménager et embellir le château de Fontainebleau : Rosso, Primatice, Niccolò Dell'Abbate. Ils furent aidés et suivis par quelques artistes français et flamands. Leur style décoratif, leur liberté de ton et de thèmes, leur raffinement, leurs teintes claires et leurs formes allongées stupéfièrent un temps les peintres français encore adeptes du gothique tardif. Des scènes mythologiques souvent assez licencieuses, des allégories parfois diffi-

ciles à déchiffrer pour les non-initiés, mais aussi toutes
sortes d'autres œuvres maniéristes ont été regroupées
sous cette appellation bien commode d'École de Fontainebleau. L'influence s'exerça ensuite en Europe. Les
peintres maniéristes raffolèrent du thème galant de
la dame à sa toilette. Et ce tableau célèbre est lui-même
parent d'innombrables autres portraits de dames à la
toilette ou au bain ou encore de Diane chasseresses
auxquelles on donnait le visage de femmes célèbres
de l'époque, telles la *Diane de Poitiers* du Louvre ou la
Dame au bain de François Clouet (Washington). C'est
d'ailleurs grâce à un tableau très proche, deux femmes
au bain encore, et qui contient des légendes peintes
donnant les noms des dames, ainsi qu'à un portrait au
crayon de Jean de Court, qu'on peut identifier le personnage principal, la blonde, comme étant Gabrielle
d'Estrées, la principale favorite d'Henri IV.

… « *je baise un million de fois vos pieds* »…

En 1572, Henri, alors roi de Navarre, est marié à
Marguerite de Valois, la « reine Margot », sœur du roi
Henri III. Ils ont alors dix-neuf ans. Il est protestant,
elle est catholique. Et ce mariage non autorisé par le
pape, et surtout destiné à réconcilier les deux religions,
déclenche au contraire la fureur des catholiques. Six
jours plus tard, c'est l'horrible massacre de la Saint-
Barthélemy. Assez vite, les deux jeunes gens se séparent
et mènent, chacun de son côté, des vies plutôt dissolues.
Belle, très entourée, Marguerite, une fois éloignée de
Paris par Henri III, règne un temps sur sa cour de Nérac
en Navarre. Mais, stérile, elle ne donne aucun héritier
à son mari. Et lui, lassé des scandales, finit par la faire

enfermer au château d'Usson en Auvergne où elle restera dix-huit ans. Il ne se réconciliera avec elle qu'en 1605, l'autorisant à résider à Paris, et ils redeviendront alors de bons amis. Après l'assassinat d'Henri III en 1589, le roi de Navarre se bat pour conquérir le trône de France et parvient, au prix d'une abjuration solennelle de la religion réformée à Saint-Denis en 1593, à séduire Paris et à être enfin sacré roi l'année suivante. En 1599, il fait annuler par le pape son mariage avec Marguerite et épouse alors une princesse italienne, Marie de Médicis. De leur union naissent plusieurs enfants dont Louis qui sera roi de France sous le nom de Louis XIII, Henriette qui sera reine d'Angleterre et Élisabeth, future reine d'Espagne.

Antoine d'Estrées était grand maître de l'artillerie et gouverneur de l'Île de France. Sa femme lui avait donné deux fils et sept filles. En 1590, au cours d'une de ses campagnes pour le trône, Henri IV séjourne chez les d'Estrées au château de Cœuvres. Dans cet essaim de filles, il remarque la jeune Gabrielle, à peine âgée de dix-sept ans, et en tombe amoureux. Il la marie pour la forme à Nicolas Damerval de Liancourt puis fait annuler le mariage. Il nomme Gabrielle marquise de Montceaux puis duchesse de Beaufort. Depuis son mariage avec Marguerite, Henri est obsédé par sa descendance. Il veut absolument un héritier mâle à opposer aux intrigues de Rome et de l'Espagne qui préféreraient un roi vraiment catholique, et les candidats de souche royale sont légion. Gabrielle lui donne trois enfants qu'Henri fait légitimer. Elle est très présente à ses côtés pendant les années de batailles et de conquête du pouvoir. Lorsque le roi est en campagne, il lui écrit des lettres enflammées. « Je baise vos beaux yeux un million de fois… » ou bien « Bonjour, ma chère maîtresse, je baise un million de fois vos pieds… » et, bien sûr, quelques phrases beaucoup plus lestes que la postérité a colportées avec gourmandise. Proche des milieux protestants, Gabrielle fait contrepoids aux intrigues catholiques de la cour. Après l'avènement d'Henri au trône de France, elle figure avec le rang de reine dans les cortèges. En 1599, Henri IV annonce même qu'il va l'épouser alors qu'en fait les négociations secrètes sont en cours avec les Médicis. Gabrielle est enceinte d'un quatrième enfant du roi lorsque, le 10 avril 1599, elle meurt empoisonnée par une orange. Sans doute un complot de l'entourage royal. Henri est inconsolable. « Mon affliction est aussi incomparable, dira-t-il, comme l'était le sujet qui me la donne. » Il écrira même lettres et épigrammes pour clamer combien il était atteint :

Charmante Gabrielle
Percé de mille dards
Quand la gloire m'appelle
À la suite de Mars !
Cruelle départie
Malheureux jour
Que ne suis-je sans vie
Ou sans amour.

L'amour reviendra vite. Quelques semaines plus tard, Henri, toujours soucieux de sa postérité, prend une nouvelle maîtresse, Henriette Balzac d'Entraigues. Henriette cherche à se faire épouser avant l'arrivée à la cour de la jeune Marie de Médicis. Elle n'y parvient pas. Elle aura elle aussi plusieurs enfants de lui. Et le roi exigera que ses héritiers légitimes soient élevés au palais du Louvre avec les enfants de ses diverses favorites. Une crèche royale d'une dizaine de marmots avec lesquels, l'histoire l'a rapporté avec bonheur, le roi aime souvent venir jouer…

… cette nudité est dépouillée de tout excès sensuel…

En réalisant ainsi un portrait de Gabrielle, le peintre n'a peut-être pas fait poser la belle. Certes, les mœurs du temps étaient légères et rustiques mais le modèle est de souche noble et, surtout, il appartient au roi. L'artiste qui a pu dessiner le portrait des dames avant de composer son tableau leur a ensuite donné des bustes correspondant à l'idéal de beauté féminine de l'époque. Cheveux « longs, crépus, frisés, ondés », disent les descriptifs du temps. Front très haut, « poli, tendu, clair et serein » : au besoin on rasait le début de la chevelure. Les sourcils « bien rangés, menus et très déliés, comme un petit trait de pinceau ». Le nez long. La bouche petite et étroite. Les yeux « si étincelants qu'ils contraignent ceux qui les regardent à baisser la vue ». Et si le spectateur baisse la vue, c'est pour découvrir la « gorge grassette », comme écrit Ronsard parlant des seins de sa maîtresse. La poitrine, dira un médecin quelques années après la réalisation de notre tableau, doit être « large, pleine de chair, sans apparence d'aucun os, accompagnée de deux tétins ni trop grands ni trop petits ». À la différence des peintres vénitiens de la génération précédente qui aimaient les poitrines amples et fécondes, les artistes de l'École de Fontainebleau aiment le sein léger, sans lourdeur, on pourrait dire juvénile. Enfin le teint du buste, des mains et des bras devait être d'un blanc pur et lumineux. Pas de rougeur, pas de hâle : hors de question de s'exposer au soleil comme de nos jours. Les mains et les visages hâlés sont ceux des servantes et des fermières. Seule légère nuance autorisée pour les dames de rang, un peu de rose aux joues, signe de bonne santé et aussi source d'images pour les poètes qui mêleront la rose et le lys, le lait et les perles. D'ailleurs les perles sont là, à la fois bijoux et métaphores amoureuses. Toutes ces figures se trouvent déjà dans les sonnets des *Amours* de Ronsard, publiés une quarantaine d'années avant ce portrait de Gabrielle d'Estrées. Et aussi dans tous ces *Blasons* qui, au cours du XVIe siècle, décrivent en vers avec délectation toutes les parties précieuses de l'anatomie féminine. Ce tableau est d'ailleurs à lui seul l'équivalent d'un blason ou d'un petit recueil de sonnets.

Cette adéquation aux goûts de l'époque a été souvent critiquée. On a reproché au tableau sa symétrie excessive, la froideur de l'exécution, la fixité des gestes et des visages. On a dit qu'il s'agissait de deux bustes de marbre, ou, pis, de cire. Les poses hiératiques contrastent avec la nudité sans voile des personnages. Comme les visages éthérés et innocents des deux femmes. Et même cette nudité est dépouillée de tout excès sensuel. Mais c'est justement cette froideur et cette manière aristocratique, tout à fait dans la tradition courtoise, qui font la curiosité et la grande force d'attraction de ce tableau.

... une plongée dans la coulisse de ce petit théâtre intimiste...

Pour enchâsser ses deux beautés dans un écrin digne d'elles, le peintre a multiplié les artifices formels et composé une mise en scène remarquable. L'espace est découpé par les plis réguliers et les nœuds du rideau. Ce rideau, qui forme comme une tente chapeautant la baignoire, nous rappelle les pavillons armoriés des illustrations de romans courtois ou encore celui de *La Dame à la licorne*. C'est un espace théâtral, solennel, sacré, un lieu clos refermé sur un mystère au cœur du jardin d'amour. Les petits plis du drap gris-bleu bordant la baignoire font écho aux grands plis du rideau rouge ainsi qu'aux cannelures du montant de la cheminée. Plusieurs horizontales découpent aussi l'espace : les deux bords de la baignoire, les deux bords de la table, les cannelures du linteau de la cheminée. Un axe vertical marqué par le petit miroir carré du fond dévoile la symétrie très forte de la composition. Le peintre a placé ses deux personnages à la même distance de ce centre. Et d'ailleurs, si l'on replie une reproduction de l'image selon cet axe, et qu'on la regarde en transparence, les hanches, les seins, les épaules, les cous, les oreilles, les perles, les visages et les chevelures se superposent parfaitement. Il est fort possible que l'artiste ait utilisé un dessin, une découpe ou un calque à l'échelle de son tableau, comme les fresquistes utilisaient des « poncifs » de papier ou de carton pour reporter sur les murs leurs motifs, et qu'il l'ait ensuite inversé pour sa seconde silhouette. Il se serait alors contenté de peindre le visage de gauche légèrement plus mince que l'autre et de donner des positions différentes des bras et des mains. Comme l'éclairage vient de la gauche, selon les usages classiques des ateliers, le visage de Gabrielle est entièrement dans la lumière tandis que celui de la femme de gauche est en partie dans l'ombre, ce qui atténue encore un peu la trop forte ressemblance entre les deux femmes.

Le peintre a utilisé une autre ruse optique : une plongée dans la coulisse de ce petit théâtre intimiste. On voit au loin, à peut-être sept ou huit mètres de la scène principale, le mur du fond avec sa cheminée. Vaste salle : nous sommes dans une demeure princière. Cet arrière-plan évoque les suites de la scène, le feu devant lequel les deux belles vont bientôt être frictionnées par leurs suivantes, et parées. Une dame de compagnie, élégante et bien coiffée, est affairée à un ouvrage. La saynète rappelle celle de la *Vénus d'Urbin* de Titien (1538) : au premier plan, la femme nue sur un lit, puis un rideau et, à l'arrière, des servantes fouillant dans un coffre. Elle annonce aussi les dispositifs que les peintres hollandais comme Johannes Vermeer (1632-1675) ou Pieter de Hooch (1629-1684) exploiteront avec bonheur : des portes, des fenêtres ou des rideaux ouvrent sur d'autres espaces emboîtés, plus ou moins profonds. Le miroir et surtout le tableau sont aussi des sortes d'appels vers d'autres espaces imaginaires. Le tableau dans le tableau sera un des thèmes préférés de Vermeer. Quant au miroir, il a un antécédent fameux avec les *Époux Arnolfini* (1434) de Van Eyck et, tel qu'il est disposé là, il annonce le miroir central des *Ménines* (1656) de Vélasquez. C'est d'abord un des instruments principaux du peintre. C'est aussi l'emblème de Vénus. Il a, on l'a vu, une fonction centrale dans le dispositif symétrique du tableau. Mais, à la différence de Van Eyck, il ne semble pas que le peintre s'en soit servi pour évoquer ce qu'il reflète. À moins que l'usure et les restaurations successives n'en aient effacé l'image.

... trouver le sens de cette mise en scène...

Et le système des couleurs suit fidèlement les canons de beauté du temps. La pâleur des corps nus, à peine ponctuée des minuscules et délicates touches des bouches et des pointes des seins, est une teinte extrêmement douce et claire certainement obtenue par un mélange de beaucoup de blanc avec d'infimes quantités de rouge et de gris-bleu. Rouge et gris qu'on retrouve justement autour des deux femmes avec le rideau et le drap. Si le drap de bain avait été vraiment blanc, et non de cet étonnant gris cendré, le tableau aurait été raté : d'un point de vue poétique, il ne peut y avoir plus blanc que le corps de la belle (en fait, dans le tableau, la peau est d'une nuance légèrement rosée). Les profondeurs sombres mais traitées dans des mélanges issus de ces deux couleurs principales font saillir au premier plan les corps éblouissants. Le rideau rouge clair, très éclairé, se relève pour montrer son envers dans l'ombre, d'une teinte plus inquiétante, presque viscérale. Comme pour dire que la couleur est trompeuse, qu'il peut y avoir un autre sens à ce que l'on perçoit.

Mais justement, que voit-on vraiment ? Une brune pince le sein d'une blonde. La blonde montre une bague. Toutes deux regardent vers un spectateur qui devrait se trouver face au centre du tableau. Est-ce une image érotique ? Une scène homosexuelle ? Ou sado-masochiste : la brune comme un clone pervers de la blonde ? Ou encore une invitation à les rejoindre dans la baignoire ? Avec notre immense savoir sur la sexualité, avec notre façon de toujours et partout traquer le trivial, nous avons du mal aujourd'hui à lire avec simplicité une telle scène. Nous avons tendance à la meubler de tous nos fantasmes. À lire les gestes au premier degré. Jeux de main, jeux de vilain... En fait, il n'a pas été trop difficile de trouver le sens de cette mise en scène. Une autre peinture conservée dans les collections du musée Condé à Chantilly montre Gabrielle d'Estrées dans son bain. La peinture est une variante assez fidèle d'un portrait de dame réalisé vers 1571, qu'on a cru longtemps être celui de Diane de Poitiers, et attribué à François Clouet (conservé à la National

Gallery de Washington). Dans le tableau de Chantilly, Gabrielle est seule dans le bain. Son buste nu dépasse d'une baignoire bordée d'un drap. Sur une plaque en travers de la baignoire, une coupe de fruits, des fleurs éparses. Il y a une alcôve de rideaux rouges avec une découpe rectangulaire cette fois. Une nourrice allaite un nouveau-né. Entre la nourrice et la baignoire, un enfant tente de saisir un fruit. Tout au fond, mais alors en pleine lumière, une autre servante et puis une table couverte d'un drap vert, une cheminée ornée, un miroir, un fauteuil dont le dossier à tapisserie montre une licorne couchée devant un arbre, une fenêtre à croisillons dont un montant est ouvert sur un jardin. C'est un tableau à la gloire de la maternité de Gabrielle.

Et le tableau du Louvre qui montre deux femmes au bain aurait le même sens. Les dames se baignaient souvent à deux ou même trois dans des bains de lait, d'huile, d'essences précieuses ou de vin. Rien de scandaleux, cela faisait partie des habitudes. Et l'on s'accorde en général à admettre que Gabrielle est représentée là avec une de ses sœurs, la duchesse de Villars, d'où l'extrême ressemblance. La sœur saisit délicatement le tétin pour annoncer que Gabrielle est enceinte. Et Gabrielle montre la bague pour rappeler la promesse de mariage du roi Henri. Au fond, la suivante coud la layette. Le tableau, qui, manifestement, s'adresse au roi, pourrait donc avoir été peint vers la fin 1593, avant la naissance du premier enfant de Gabrielle, César, duc de Vendôme. Un certain nombre d'éléments relevant de l'histoire des mœurs coïncideraient alors. Les femmes enceintes prenaient beaucoup de bains parce qu'on pensait que cela favorisait la fécondité. Le bain était prescrit avant et après l'accouchement. Ainsi le tableau de Chantilly reprend le thème, trois ou quatre ans plus tard, juste après la naissance du troisième enfant (celui que la servante allaite). Et le petit César joue près de la baignoire de sa mère.

Un auteur a repris l'analyse de ces tableaux et a proposé au contraire d'y voir des satires des favorites d'Henri IV. Le tableau aux deux baigneuses montrerait Gabrielle qui vient de disparaître en 1599 à côté d'Henriette d'Entraigues qui l'a remplacée entre les bras du roi quelques mois plus tard. Il s'agirait de se moquer des mœurs polygames du Vert Galant. Et aussi de montrer qu'on passe de Gabrielle, tolérante envers les protestants, à Henriette, d'un catholicisme proche du parti des Espagnols. Mais cette hypothèse, pour séduisante qu'elle puisse paraître, est peu plausible. Certes, la brune a de fortes ressemblances avec Henriette (un très beau portrait d'elle est conservé à Padoue). Encore faudrait-il discerner dans ces affinités ce qui relève de la mode (front haut, sourcils épilés, perles, etc.). Mais on ne voit ni comment ni pourquoi quelqu'un aurait pu investir beaucoup d'argent, car un tel tableau coûtait fort cher, pour composer une satire, alors que des libelles ou des gravures polémiques (et autrement plus corsés !) pouvaient se distribuer en grand nombre et à moindres frais.

Donc une femme saisit entre deux doigts le tétin d'une autre. Ce geste délicat, magnifique mais étrange, n'a pas d'antécédent. Certes, dans les représentations de la déesse Junon (de Véronèse à Rubens), on voit la déesse se presser le sein à pleine main, au moment où elle allaite Hercule, et un jet de lait jaillit qui donne naissance à la Voie lactée. Et puis, Junon, sœur et épouse du plus grand des dieux, Jupiter, était la déesse qui présidait à la naissance des enfants. On pourrait donc dire, sans y regarder plus avant, que Gabrielle est la Junon d'Henri IV-Jupiter, un dieu très volage et qui se rachète en faisant beaucoup d'enfants. Mais ce n'est pas à Jupiter qu'aimait se comparer le bon roi Henri. Sa longue marche vers Paris et le trône avait été aussi difficile, risquée et aventureuse que les douze travaux d'Hercule. Et il se fit représenter plusieurs fois tout en muscles, avec massue et peau de lion. Le personnage du tableau dans le tableau dont on ne voit que le bas du corps musculeux et ceint d'une peau de bête, c'est donc le roi lui-même, un Henri IV-Hercule. Il porte la corne d'abondance que, selon le mythe, il a gagnée lors d'un combat avec le dieu-taureau Achéloos. Et la corne d'abondance est aussi un symbole de fécondité. Tout se répond donc dans cette image-rébus, joli tissage de discrets symboles.

Évidemment, lorsque nous contemplons aujourd'hui un tel tableau, imposant par sa taille autant que par son thème, nous ignorons ou nous oublions — ou nous nous efforçons d'oublier — à la fois mythes, allégories ou allusions, de même que la plupart des circonstances extraordinaires des histoires et des destins qui ont présidé à sa naissance. Nous oublions que Gabrielle, une des femmes les plus belles de son temps, a été sauvagement assassinée, son quatrième enfant dans le ventre, par des conspirateurs anonymes plus soucieux de la question royale que de la beauté, de l'amour ou de la poésie… Comme, onze ans plus tard, son amant, l'homme le plus aimé des Français, mais qui n'avait pas tout à fait réussi à réconcilier les deux religions, finira sous le poignard fanatique de Ravaillac. Nous omettons tout cela, nous préférons voir la douce utopie du bain collectif, la sensualité rêveuse des corps offerts et le joli ballet érotique de mains légères qui empruntent aux oiseaux ou aux papillons leur grâce infinie.

Le sonnet

en perspective

Dominique Moncond'huy

Vie littéraire

Une petite histoire du sonnet en France

EN FRANCE? CELA n'a guère de sens avant longtemps — c'est-à-dire avant les années 1530. Et pourtant le sonnet est vieux, déjà, de près de trois cents ans… Avant de poser les nécessaires jalons d'une chronologie succincte, rappelons pour commencer que le sonnet s'est imposé comme une forme poétique européenne, la seule peut-être qui ait conquis durablement toutes les langues de l'Europe. C'est une forme qui traverse les langues européennes et fait sa place dans chacune d'elles, ou quasiment. Elle a certes vécu des éclipses au fil des siècles, mais elle reste bien vivante et a même connu au xxᵉ siècle un regain dans toutes ses aires linguistiques principales.

1.

Le sonnet dans l'Europe moderne

D'où vient la forme du sonnet? Tout commence en Sicile, dans le deuxième tiers du xiiiᵉ siècle, à la cour de Frédéric II, roi de Sicile et empereur germanique — on en attribue généralement la paternité à

Giacomo da Lentini entre 1230 et le début des années
1240. Une forme s'est constituée là, une forme qui n'a
pas été créée *ex nihilo* : elle découle de la transforma-
tion de formes poétiques antérieures (par la réduction
d'une forme de plus grande ampleur, ou par la combi-
naison d'un huitain et de six vers, ou de huit vers avec
un sizain), médiévales et pour une part provençales.
Son nom provient de l'ancien provençal *sonet*, diminu-
tif de « son » (au sens de petite chanson), devenu en
italien *sonnetto* et revenu en français sous la forme
« sonnet ». À l'origine, il s'agirait d'une poésie rythmée,
populaire, faite pour être chantée ; et c'est l'occasion
pour l'italien de s'affirmer comme une langue littéraire.
En réalité, c'est en effet en Italie que le sonnet trouve
son premier véritable accomplissement, avec les poètes
de ce que l'on appelle le *stil novo* (Cavalcanti, puis Dante
et Pétrarque), qui fixent un premier état pérenne de
la forme — mieux vaudrait dire : plusieurs états, tant
les usages, pour les rimes des tercets, par exemple, sont
encore divers.

Le rôle de Pétrarque est ici essentiel. Il va d'abord
contribuer plus que quiconque à imposer le système
« abba abba » pour les rimes des quatrains, du huitain si
l'on préfère — en revanche, il recourt encore fréquem-
ment (dans un tiers des cas) à deux rimes au lieu de
trois pour les tercets. Surtout, il va fixer, avec son *Canzoniere*, une certaine pratique du sonnet, et du recueil de
sonnets. Avec cet ouvrage (qui, rappelons-le, ne comporte pas que des sonnets mais également d'autres
formes, des sextines notamment), il établit une référence majeure, qui s'impose pour plusieurs siècles à
tout l'imaginaire occidental, d'un point de vue formel
et thématique, et donc bien au-delà de la référence au
sonnet comme forme : c'est là tout un imaginaire de

l'amour, en particulier, qui se fixe — et que d'aucuns tiennent pour une résurgence d'une certaine conception du *fin'amor* médiéval. C'est de cet héritage que découle directement le sonnet en France au XVIe siècle. Et cet héritage, c'est celui du *canzoniere*, recueil de poèmes amoureux, où les sonnets occupent une place prédominante chez Pétrarque, exclusive chez bien d'autres. Une fois que le sonnet se sera imposé dans la France du XVIe siècle, tout poète digne de ce nom ambitionnera de composer son « chansonnier ». Notons-le : cela ne signifie pas que le sonnet se soit figé en Italie ! Depuis ses origines, il a connu diverses formes et rien n'est vraiment fixé : alors même que la France reçoit et adopte une certaine pratique du sonnet, la forme poursuit sa vie propre, en Italie même — et ailleurs...

Car l'aventure du sonnet est européenne (et plus largement, au XXe siècle : occidentale, au sens où elle traverse aussi la poésie américaine, du Nord et du Sud). Elle se développe en Espagne aux XVIe et XVIIe siècles (sous l'impulsion de Garcilaso de la Vega (1503-1536), qui y diffuse le modèle pétrarquiste), en Angleterre à compter de la fin du XVIe siècle surtout (et en partie par le truchement de l'influence française, plus précisément de traductions de sonnets français qui servent d'intermédiaires aux formes italiennes), dans les pays de langue allemande... Sans qu'il soit ici possible d'entrer dans les détails, signalons que chaque aire linguistique va développer sa propre appropriation du sonnet. Le nombre ou la disposition des rimes, dans les tercets surtout ; la conception même des quatorze vers et de leur répartition en strophes ; leur mise en page même : sur plusieurs points essentiels, des pratiques différentes vont progressivement s'instituer, au point qu'un sonnet anglais tel que le pense Shakespeare ou John Donne est en réalité fort éloigné de ce qu'est le sonnet dans la France de la même époque, ne serait-ce que pour des raisons de scansion...

Il faut donc l'affirmer et le préciser : le sonnet est une forme européenne, d'une intense productivité quantitativement, mais qui se différencie par aires linguistiques — ajoutons : et, au sein de ces aires linguistiques, par périodes. On peut ainsi, pour chaque aire linguistique, établir une histoire du sonnet, de ses moments de gloire et de ses éclipses, mais aussi de ses variations ; d'un pays à l'autre, des croisements se produiront, des évolutions parallèles se dessineront, des pratiques spécifiques aussi s'imposeront. Autrement dit, le sonnet est cette forme extraordinaire qui s'affirme, perdure, décline puis rebondit... et toujours prend de nouveaux visages. C'est tout sauf une forme fixe, au sens le plus étroit du terme — et pourtant c'est une forme qui s'impose dans la durée, et sur le fondement d'un certain nombre de points communs, ou de points d'intersection. Le sonnet reste une forme vive, non figée : semi-fixe.

2.

Les origines du sonnet en France

En France, dans les années 1540, Maurice Scève joue un rôle de premier plan dans la diffusion de la connaissance de Pétrarque et de son *Canzoniere*. Dès les années 1530, Clément Marot et Mellin de Saint-Gelais, quant à eux, composent les premiers sonnets français. Marot, s'il a traduit six sonnets de Pétrarque, n'en a écrit que trois de sa main (un quatrième est discuté quant à son attribution), entre 1535 et 1542. Peut-être Saint-Gelais a-t-il écrit, lui, le premier sonnet en français. Quoi qu'il en soit, c'est Marot qui en publia un le premier, dans l'édition de ses *Œuvres* en 1538.

Au reste, ce qui nous importe, c'est qu'un mouvement se dessine, qui va rencontrer un succès fulgurant et orienter l'avenir de la poésie française pour plusieurs siècles, jusqu'à nos jours même. Tout commence donc dans les années 1530, puis une quarantaine de sonnets sont publiés avant 1548, par différents auteurs, parfois de manière assez systématique (Peletier du Mans en intègre une quinzaine dans ses *Œuvres poétiques*) mais la forme ne s'est pas alors encore véritablement imposée. C'est chose faite à la toute fin des années 1540, avec la publication en 1548, à Paris, de *Laure d'Avignon* […]. *Extrait du Poète florentin François Pétrarque et mis en français par Vasquin Philieul de Carpentras*, un ensemble de 195 sonnets (du moins dans la version complète et définitive, celle de 1555) ; puis avec Joachim du Bellay, qui compose en 1549 un recueil composé uniquement de sonnets (*L'Olive*) et Pontus de Tyard qui donne quant à lui ses *Erreurs amoureuses* (1549, puis 1551 pour le deuxième livre) ; Ronsard assure définitivement la gloire du sonnet avec ses *Amours* en 1552. En quatre ou cinq ans, tout est joué.

Pour qu'émerge ainsi le sonnet dans le paysage poétique français, il fallait un certain nombre de conditions spécifiques. Tout d'abord, des relations privilégiées avec l'Italie (les guerres de François Ier ont ici joué leur rôle — tout comme le carrefour économique et culturel qu'est Lyon, d'où sortent les poèmes de Marot, de Pontus de Tyard et de Louise Labé), mais aussi la volonté de redéfinir et de policer la vie de cour (l'importance du poète de cour qu'est Saint-Gelais s'avère capitale), et enfin la volonté de retourner aux sources antiques, certes, mais également de créer de nouvelles formes — le tout dans une langue moderne, une langue nationale : l'exemple du *Canzoniere* pétrarquien est essentiel, qui constitue l'un des lieux où s'affirme une langue vernaculaire à côté de, voire contre le latin.

Il fallait encore que les milieux poétiques français soient justement en quête d'une nouvelle poétique, que des débats théoriques viennent fixer un certain nombre de principes et de formes, c'est-à-dire établissent les règles ou les cadres d'une modernité poétique. Or on note que l'effervescence théorique de ces années enregistre la naissance du sonnet français : dans son *Art poétique français* (1548), Thomas Sébillet consacre un chapitre au sonnet, entre l'épigramme et le rondeau, et à l'ouverture du livre figure, après une dédicace en prose au lecteur, un sonnet adressé « À l'envieux » (il n'est pas sans intérêt de noter que, pour ce poème liminaire, Sébillet recourt précisément au sonnet — où l'on notera la forme « cde cde » des rimes des tercets).

Selon Sébillet, « la manière facétieuse est répugnante à la gravité du sonnet, qui reçoit plus proprement affections et passions graves » : c'est qu'à cette époque il n'a pas encore d'exemples de sonnets satiriques en français ; il en existe pourtant en italien, assez tôt (voir Pétrarque, p. 16-17), et un du Bellay, par exemple, ne tardera pas à en composer (voir p. 30 le sonnet LXXXVI des *Regrets*). Pour Sébillet, en tout cas, la gravité du sonnet implique le recours au décasyllabe ; l'alexandrin ne s'imposera que vers 1555, sans exclure d'autres mètres.

Sébillet continue ainsi : « La structure en est un peu fâcheuse : mais telle que de quatorze vers perpétuels au Sonnet, les huit premiers sont divisés en deux quatrains uniformes [...]. Les six derniers sont sujets à diverse assiette : mais plus souvent les deux premiers de ces six fraternisent en rime plate. Les quatrième et cinquième fraternisent aussi en rime plate, mais différente de celle des deux premiers : et le tiers et sixième symbolisent aussi en toute diverse rime des quatre autres » ; et il décrit la disposition marotique des rimes, « ccd eed ». De fait, de cette effervescence des premières années du sonnet français vont découler quelques principes essentiels pour la disposition des tercets dans la pratique française : d'abord les rimes plates pour les vers 9-10 (ce qui ne veut pas dire que l'on n'ait pas éprouvé d'autres dispositions, par exemple « cdc ede » chez Philieul ou « cde cde » chez Sébillet ou Barthélemy Aneau), ensuite deux dispositions possibles pour les quatre derniers vers : la disposition marotique et celle que va systématiser Peletier du Mans (« ccd ede »).

Au reste, Sébillet est assez critique à l'encontre du sonnet, contrairement à du Bellay qui, au nom de la Pléiade, en fait un vif éloge dans sa *Défense et Illustration de la langue française* (1549). Le débat est ouvert, dans lequel interviendront notamment Aneau (1505-1561), qui dans son *Quintil horacien* (1551) ironise et, à propos du sonnet, parle de « sonneries », de « sonnettes », ou encore Jacques Peletier du Mans (1517-1582) dans son *Art poétique* (1555). Chez les Italiens, précise ce dernier, le sonnet « a été fort fréquent de tout temps : Et desquels le plus excellent a été François Pétrarque : qui en a composé un bon nombre à l'honneur de sa Dame Laure. Nous l'avons tous admiré, et imité, non sans cause : vu la grande douceur du style, la grande variété sur un seul Sujet : et la vive expression des passions amoureuses qu'on voit en son Œuvre ».

Principaux jalons de la théorie du sonnet en France

Th. SÉBILLET, *Art poétique français*, dans *Traités de poétique et de rhétorique de la Renaissance* (1548), éd. Francis Goyet, Paris, Le Livre de poche, 1990.

J. DU BELLAY, *Défense et Illustration de la langue française* (1549), Paris, Didier, 1948.

B. ANEAU, *Le Quintil horacien* (1550), dans *Traités de poétique et de rhétorique de la Renaissance, ibid.*

J. PELETIER, *Art poétique* (1555), dans *Traités de poétique et de rhétorique de la Renaissance, ibid.*

G. COLLETET, *L'Art poétique I. Traitté de l'épigramme et Traitté du sonnet* (1648), éd. P.A. Jannini, Genève, Droz, 1965.

Th. DE BANVILLE, *Petit traité de poésie française*, Paris, Charpentier, 1872.

L. ARAGON, préface à J. CASSOU, *Trente-trois sonnets composés au secret*, 1944; «Du sonnet», *Les Lettres françaises*, n° 506, 4-11 mars 1954.

3.

L'heure de gloire

1. *Une forme moderne ?*

Le sonnet est donc perçu comme **une forme moderne**, propice à la plus grande des variétés. «Le sonnet, dit encore Sébillet, aujourd'hui est fort usité, et bien reçu pour sa nouveauté et sa grâce.» Cependant, les débats sur l'origine du sonnet tel qu'il s'instaure en France sont loin d'être aussi simples qu'on pourrait le croire — à telle enseigne qu'un texte comme *Le Quintil hora-*

cien refuse absolument de considérer le sonnet comme une forme neuve et n'y voit que ressassement maladroit d'une forme médiévale sous de nouveaux habits. Certes, il y a l'héritage de Pétrarque, qu'on trouve sans cesse allégué. Mais il serait erroné d'imaginer que les poètes français décident d'importer purement et simplement une forme empruntée à une pratique italienne. En réalité, le sonnet s'impose à la manière d'une forme neuve et qui pourtant s'inscrit dans le prolongement de certaines pratiques poétiques bien françaises. Il faut noter ainsi comment Peletier, suivant Sébillet sur ce point, fait intervenir dans son *Art poétique* le sonnet après l'épigramme. Loin que le sonnet marque une rupture totale avec la poésie française antérieure, il apparaît aux yeux de certains poètes comme une façon de renouveler toute la tradition de l'épigramme, qui a pour elle et ses référents antiques et sa pratique française antérieure. On connaît des épigrammes de quatorze vers (des quatorzains), qu'un poète tel que le rhétoriqueur Jean Bouchet par exemple publie dans les années 1530, des épigrammes qui ne constituent pourtant pas des sonnets : elles ne présentent ni la composition en strophes du sonnet, ni le schéma embrassé des rimes pour les quatrains (elles n'usent que de rimes plates) ni enfin et surtout ne sont pensées, en termes de rythmes et de conception générale, sur le patron du sonnet « à l'italienne ». Si l'on regarde par ailleurs du côté du rondeau, force est de constater que la pratique italienne, pétrarquienne en tout cas, des quatrains s'en rapproche : ceux-ci offrent des rimes embrassées qui confèrent à la strophe une impression de circularité. Ainsi, l'on peut conclure que le sonnet apparaît dans les années 1540 en France comme une forme nouvelle, inspirée du modèle mis au point par Pétrarque, mais aussi comme une forme nouvelle qui fait retravailler des formes françaises plus anciennes.

Qui plus est, certains commentateurs modernes montrent bien comment le sonnet a pu être tenu pour une innovation fort mesurée — et très contestable, voire blâmable selon certains de ses détracteurs. Comme le souligne ainsi Francis Goyet («Le sonnet français, vrai et faux héritier de la grande rhétorique» — voir bibliographie p. 188), l'émergence du sonnet en France constitue surtout le passage d'un système métrique à un autre : «Le système métrique ancien a une prédilection pour le retour des mêmes rimes, ce qu'on pourrait qualifier de goût pour la saturation.» Ce qui marque le sonnet à la française, c'est d'abord la liberté (relative) des tercets par rapport au caractère clos des quatrains, clos sur eux-mêmes. Et, corrélativement, le recours à une cinquième rime dans les tercets.

2. *Un triomphe d'un siècle*

Le caractère moderne du sonnet est donc l'objet de vifs débats au milieu du XVIe siècle, qui touchent et l'origine exacte de la forme, et sa légitimité — on le retrouvera au siècle suivant. Reste que le sonnet connaît un succès extrêmement rapide et de forte ampleur : un siècle de gloire, du milieu du XVIe siècle au milieu du XVIIe siècle, et des milliers de sonnets composés et imprimés (comme d'ailleurs en Espagne ou en Angleterre à la même époque). On prolonge la veine pétrarquisante du «chansonnier» mais le sonnet, loin de se cantonner à la poésie d'amour, se prête à toutes les thématiques et à tous les enjeux : poésie d'éloge, poésie religieuse, poésie satirique, poésie érotique… Tous les poètes passent par le sonnet, sans le cultiver exclusivement ; la

forme s'impose dans tous les registres et constituera
l'un des cadres privilégiés de la poésie dite baroque.

Le seul grand texte théorique du XVIIᵉ siècle qui s'y
consacre pleinement est le *Traité du sonnet* (1658) de
Guillaume Colletet, qui devait constituer un des éléments de son *Art poétique*. Encore faut-il préciser qu'il
sonne le glas (provisoire) du sonnet, qui achève dans
les années qui suivent de s'essouffler : il décline nette-
ment, au point de sortir des préoccupations des poètes
contemporains — et ce, pour une période assez longue.
On compose certes encore des sonnets, mais sur le mode
de pratiques poétiques partagées, dans la vie mondaine
par exemple — et les poètes les plus significatifs du
XVIIIᵉ siècle n'y auront que fort peu recours, et souvent
de manière superficielle, pour des virtuosités un peu
vaines. Le déclin du sonnet est engagé dès le milieu du
XVIIᵉ siècle ; à cet égard, la fameuse querelle de Job et
d'Uranie (voir p. 68-69), en 1649, est significative : on
tient encore, pour quelque temps, le sonnet comme
une forme digne d'intérêt et même de polémique. Ce
déclin du sonnet paraît en partie provoqué par ce que
sont alors les enjeux des débats poétiques. En premier
lieu, on tend à retourner aux poétiques antiques, où le
sonnet n'a évidemment pas de place ; il manque donc
de règles, de modèle incontestable, de cadre théorique.
Du côté de la poésie, le XVIIᵉ siècle ira, si l'on excepte
toute la poésie mondaine, vers les grandes formes,
comme l'épopée ou l'ode, et l'on dédaignera les autres.
Boileau écrit bien au chant II (vers 82-102) de son *Art
poétique* (1674) qu'« Un sonnet sans défauts vaut seul un
long poème » — « Mais en vain mille auteurs y pensent
arriver », ajoute-t-il immédiatement. Pour lui, le sonnet
ne saurait être qu'une sorte de divertissement, sans
vraie légitimité ni importance. La tentative de coup de

force de Colletet (il prétend prouver que le sonnet est d'origine française et, de plus, croit pouvoir fonder des principes sur les meilleurs sonnets déjà produits en langue française) aura échoué.

Quelques recueils de sonnets en d'autres langues

DANTE, *Vita nuova* (1292-1293).

PÉTRARQUE, *Canzoniere* (1342-1374).

William SHAKESPEARE, *Sonnets* (1609).

John DONNE, *Sonnets sacrés* (1633).

William WORDSWORTH, *Sonnets* (1838).

Elizabeth BROWNING, *Poems* (1850).

Gerard Manley HOPKINS, *Poems* (posth.).

Rainer Maria RILKE, *Sonnets à Orphée* (1922).

Federico García LORCA, *Sonnets de l'amour obscur* (posth.).

Wystan Hugh AUDEN, *La Quête* (1941).

Pablo NERUDA, *La Centaine d'amour* (1959).

Andrea ZANZOTTO, *Galatée au bois* (1978).

Ce qui ne signifie pas que les sonnets de Iacobo Sannazaro, de Garcilaso de la Vega, de Camões, de Góngora, de Quevedo, de Keats, de Juan Ramón Jiménez, de Miguel Hernández, de Jorge Guillén, de tant d'autres poètes anglais et allemands, entre autres, soient négligeables...

4.

Renaissance(s) du sonnet

1. *Nouvel épanouissement au XIXᵉ siècle*

Le sonnet renaît en France, d'abord assez timidement, au tout début du XIXᵉ siècle, en particulier avec
certains poètes romantiques — à l'exception notoire
d'un Hugo, qui n'en composera que fort peu. Le sonnet connaît très vite une nouvelle heure de gloire grâce
aux réussites éminentes de quelques grandes figures
poétiques (Gérard de Nerval, Charles Baudelaire), avant
de trouver une forme d'accomplissement absolu avec
Stéphane Mallarmé. Entre-temps seront intervenus
parnassiens et symbolistes, qui ne manqueront pas
de pratiquer ce genre redevenu à la mode, redevenu
aussi une manière pour les poètes d'exister. Dans la
seconde moitié du siècle, tout poète digne de ce nom
écrit des sonnets — ou écrit par rapport au sonnet —
et cette nouvelle effervescence s'accompagne d'un
nouveau travail théorique, notamment par le biais
de Théodore de Banville (*Petit traité de poésie française*,
1872).

Ce dernier prend acte (pour mieux tenter d'imposer
sa conception de la régularité...) : « Le Sonnet peut
être régulier ou irrégulier. Les formes du Sonnet irrégulier sont innombrables et comportent toutes les com-
binaisons possibles. » De fait, la composition de très
nombreux sonnets aboutit à l'émergence de nombreux
textes irréguliers, de Paul Verlaine à Arthur Rimbaud
en passant par bien d'autres poètes moins importants
qui, en jouant de la disposition des rimes, des strophes,

de la mise en espace, voire en préférant la prose, conduisent à de nouvelles réalités du sonnet.

Les dernières décennies du xixᵉ siècle offrent donc au début du suivant un nouveau modèle « académique », celui de Banville en premier lieu, mais aussi d'innombrables réussites. Le sonnet est désormais perçu comme une forme certes « ouverte », puisqu'elle se prête à bien des variations (et elles sont nombreuses à la fin du siècle), mais encore comme une forme de contrainte, qui serait plus ou moins implicitement imposée aux futurs poètes. Tout est en place pour qu'un nouvel essoufflement se produise : le début du xxᵉ siècle voit le sonnet délaissé, parfois même violemment récusé — les surréalistes, sur ce point, joueront un rôle important. Du côté de la modernité qui marque les toutes premières années du siècle, il n'est que de vérifier que Guillaume Apollinaire désarticule délibérément ce qui aurait presque pu passer pour un sonnet (« Les colchiques », dans *Alcools,* où le vers 2 est volontairement séparé en deux pour éviter le rapprochement possible avec un sonnet — lequel serait tout de même contestable compte tenu de l'organisation strophique et des rimes plates. Ou bien « Nuit rhénane », dans le même recueil, qui tend, en dépit d'irrégularités certaines, vers le sonnet mais ne comporte que treize vers). Ou encore de constater que Blaise Cendrars publie en 1923 trois *Sonnets dénaturés* qui constituent la revendication d'une poétique de rupture avec ce qu'il appelle « les Belles-Lettres » ; au demeurant, si ces *Sonnets dénaturés* font violence à la syntaxe, au vers et à la strophe, c'est aussi, voire davantage encore, à l'espace de la page qu'ils s'attaquent : il s'agit clairement de « faire éclater » le sonnet en lui offrant d'investir la page autrement. Le sentiment de « sclérose », s'il tient d'abord au verbe, est aussi visuel, si l'on peut dire — et l'on sait les expériences de Cendrars en la matière, par exemple, dans un autre ordre, avec *La Prose du transsibérien* qui débouche sur le *Premier livre simultané* réalisé avec Sonia Delaunay en 1913.

2. *Pratiques contemporaines*

Les surréalistes prolongeront à leur manière cette rupture dans l'entre-deux-guerres, qui conduit le sonnet à connaître une nouvelle éclipse longue de plusieurs décennies. Robert Desnos en composera cependant un certain nombre — et même Paul Éluard, dans *Capitale de la douleur*, sans aucunement les signaler comme tels. C'est pourtant Aragon qui, sinon provoquera, du moins accompagnera de manière décisive un certain retour du sonnet. D'abord en préfaçant, durant la Seconde Guerre mondiale, sous le nom de François La Colère, les *Trente-trois sonnets composés au secret* (1944) de Jean Cassou, puis en escortant les *Trente et un sonnets* (1954) d'Henri Guillevic d'une préface importante. Sous couvert d'une nécessaire poésie nationale et même de résistance dans le premier cas, il voit un signe dans ces poèmes composés en prison : «Voici que le sonnet nous revient de la nuit des cachots, non point un sonnet académique enfanté de loisirs ignorants. Non. Un sonnet qui s'inscrit dans la ligne mystérieuse des messages français» — curieux retour aux tentations de faire du sonnet une forme spécifiquement française, mais que les circonstances expliquent sans doute. Quoi qu'il en soit, cette préface est aussi l'occasion d'une réflexion sur la forme du sonnet, «ce bizarre défi à la pensée et au chant», et une réflexion qui s'articule aux conditions très particulières de composition de ces sonnets :

Ce n'est pas le hasard qui a fait choisir à ce prisonnier dans sa cellule le sonnet, et un sonnet qui aux pierres de la prison peut-être (*Un pur esprit s'accroît sous l'écorce des pierres*) a pris cet accent nervalien. Il n'avait rien pour écrire, ce prisonnier, rien que sa mémoire et le temps. Il n'avait que la nuit pour encre et le souvenir pour papier. Il devait retenir le poème, comme un enfant au-dessus des eaux. Il devait le retenir jusqu'au jour problématique où il sortirait de la prison. Il ne fallait pas que l'écrire, il fallait l'apprendre. Les quatorze vers du sonnet, leur perfection d'enchaînement, la valeur mnémotechnique de leurs rimes, tout cela pour une fois imposait au poète non pas le problème acrobatique que résout un Voiture, mais le cadre nécessaire où se combinent à la vie intérieure les circonstances historiques de la pensée. Désormais il sera presque impossible de ne pas voir dans le sonnet l'expression de la liberté contrainte, la forme même de la pensée prisonnière.

On comprend mieux l'aveu énoncé dans la préface au recueil de Guillevic : « J'ai toujours eu, comme un culte secret, le tourment du sonnet. Oui, je vivais dans les temps où l'on devait s'en défendre. En 1919, par exemple, Apollinaire venait de mourir. Reverdy, Max Jacob, Cendrars. Tels étaient les juges, et les points de comparaison. » Aragon écrira donc lui-même quelques sonnets mais, surtout, il libérera en quelque sorte les jeunes poètes, leur ouvrant de nouveau l'espace du sonnet. De ce fait, il contribue hautement à la résurgence de la forme à partir des années 1960 — notre anthologie en témoigne. En dehors de fortes personnalités poétiques comme Jacques Réda ou Raymond Queneau, terminons en soulignant les travaux de l'Oulipo, qu'il s'agisse des sonnets en alexandrins greffés de Marcel Bénabou (voir p. 141), des sonnets « irrationnels » de

Jacques Bens, des *Cent mille milliards de poèmes* du même Queneau, ou des recherches de Jacques Roubaud sur le sonnet français et de ses propres recueils.

Repères dans l'histoire du sonnet français, de 1549 à 2004 : quelques recueils (composés exclusivement ou principalement de sonnets)

Joachim du Bellay, *L'Olive* (1549).

Louise Labé, *Œuvres* (1555).

Joachim du Bellay, *Les Regrets* (1558).

Pierre de Ronsard, *Amours* (1552-1560).

Pierre de Ronsard, *Sonnets pour Hélène* (1578).

Agrippa d'Aubigné, *L'Hécatombe à Diane* (posth.).

Gérard de Nerval, *Les Chimères* (1854).

Charles Baudelaire, *Les Fleurs du Mal* (1857).

Jean Cassou, *Trente-trois sonnets composés au secret* (1944).

Jacques Roubaud, ∈ (1967).

Jacques Roubaud, *Churchill 40 et autres sonnets de voyage* (2004).

Bien d'autres poètes encore, et d'horizons divers, pratiquent le sonnet ou en convoquent l'idée : ainsi Emmanuel Hocquard, qui compose *Un test de solitude* (1999) par référence à Pétrarque et selon une conception très « abstraite » du sonnet ; ainsi encore Bernard Noël, peu habitué à travailler les formes fixes et qui pourtant, en 2004, est engagé dans la composition d'un ensemble de poèmes intitulés « Sonnets de la mort » — et qui ne sont pas exactement des sonnets. À côté de pratiques plus traditionnelles du sonnet s'imposent donc des approches tout à fait hors normes — en même temps que certains poètes tentent d'acclimater à la France le modèle anglais, par exemple (voir le distique final, du point de vue typographique en tout cas, du poème de Roubaud, p. 144), ou encore jouent de diverses pratiques du sonnet comme de variantes à disposition dans le cadre d'un jeu formel ($\in$ du même Roubaud).

Aux yeux des lecteurs du XXIe siècle, le sonnet est ancien — certains diraient même : archaïque. Il est rattaché, dans la mémoire collective, à toute l'histoire de la poésie française, ou presque. Pourtant, contrairement à l'épopée, à l'ode ou à l'élégie, par exemple, le sonnet est et demeure une forme moderne, riche de potentialités ; et c'est précisément aux époques où elle n'a plus été perçue ainsi qu'elle est tombée en disgrâce.

Pour en savoir plus sur l'histoire du sonnet en France

Max JASINSKI, *Histoire du sonnet en France*, Douai, Brugère, 1903 ; Genève, Slatkine reprints, 1970.

François RIGOLOT, « Qu'est-ce qu'un sonnet ? Perspectives sur les origines d'une forme poétique », *Revue d'histoire littéraire de la France*, n° 84, 1984, p. 3-18.

Le Sonnet à la Renaissance, des origines au XVIIe siècle, sous la direction d'Yvonne Bellenger, Paris, Aux Amateurs de livres, 1988 (notamment les articles de F. Goyet et de F. Jost).

André GENDRE, *Évolution du sonnet français*, Paris, PUF, 1996.

André GENDRE, « Les métamorphoses du sonnet », *In'hui*, n° 52-53, Bruxelles, Le Cri et Jacques Darras, 1999.

Pour lire d'autres sonnets…

Soleil du soleil. Le sonnet français de Marot à Malherbe. Une anthologie, éd. Jacques Roubaud, Paris, P.O.L., 1990 (rééd. Paris, Gallimard, « Poésie/Gallimard »).

Pour un autre soleil… Le sonnet occitan des origines à nos jours. Une anthologie, éd. Pierre Bec, préface de Jacques Roubaud, Orléans, Paradigme, 1994.

Forme littéraire

Les raisons d'un succès :
la forme du sonnet

SI LE SONNET S'EST IMPOSÉ si vite, et avec une telle
ampleur, dans la France du XVIᵉ siècle puis de nouveau
au XIXᵉ siècle, c'est que cette forme poétique recelait
des potentialités qui ont su séduire poètes et lecteurs
ou auditeurs (rappelons que le sonnet, au XVIᵉ siècle, est
souvent chanté ou accompagné de musique). Partons
donc en quête de ces qualités, ce qui nous conduira à
interroger la forme du sonnet — et à revenir sur son
caractère supposé de forme fixe…

1.

Une forme brève

Le sonnet se définit d'abord par sa concision : quatorze vers. Ce premier élément de définition est
nécessaire mais pas suffisant, car il est des poèmes de
quatorze vers qui ne sont aucunement des sonnets :
« Le Sonnet, et l'Épigramme est quasi tout de même,
si ce n'est que quand une Épigramme est de quatorze vers, en rime plate, c'est Épigramme ; et si la rime
est autrement disposée, elle est appelée Sonnet », écrit

Laudun d'Aigaliers dans son *Art poétique français* en 1597. À l'origine, dans la pratique française, le mètre le plus souvent utilisé est le décasyllabe, mais les alexandrins s'imposent rapidement, du moins sous l'impulsion de Ronsard et du Bellay, dont *Les Regrets* constituent le premier livre de sonnets recourant à ce mètre. Soit, si l'on s'en tient à ce calibre prédominant : 168 syllabes... Mais l'on trouve aussi des sonnets réalisés sur des mètres beaucoup plus courts (jusqu'aux fameux *Sonnets monosyllabiques* de René Nelli en 1985).

Cette concision importe fort quant à l'usage du sonnet : c'est une forme poétique qui se mémorise aisément, si bien qu'elle peut se composer en toute situation, ou presque, et se garder en mémoire au prix d'un entraînement relativement limité. Tel poète, comme Jacques Roubaud, peut indiquer qu'il écrit des poèmes, notamment des sonnets, en marchant ; tel autre, en des circonstances particulières et douloureuses, peut recourir au sonnet pour se dire ce qu'il vit : rappelons l'exemple célèbre de Jean Cassou et de ses *Sonnets composés au secret*, qu'il mémorisait au fur et à mesure qu'il les composait.

Dans ce travail de mémorisation, le système des rimes joue un rôle essentiel. Inséparable de la question de la strophe, il concourt à la définition du sonnet — et plus précisément à la pratique du sonnet qui s'est imposée dans telle ou telle langue.

Qui dit forme brève implique enfin une écriture spécifique, une écriture de la brièveté, qui use de moyens particuliers pour dire beaucoup en peu de mots, une écriture de la densité mais aussi, en l'occurrence, de la surprise — c'est là toute l'importance du quatorzième vers, on va le voir.

2.

Un peu de calcul...

1. *14 ≠ 7 + 7*

Le sonnet est à certains égards une construction mathématique. Mais la mathématique du sonnet n'est pas sans particularités... Dans l'univers du sonnet, en effet, 7 + 7 ne font pas 14 — du moins, ils ne font pas les quatorze vers d'un sonnet...

Vérification par l'absurde : le demi-sonnet inventé par Laudun d'Aigaliers à la fin du XVIe siècle. Ce poète, désireux sans doute de renouveler le sonnet et d'y apporter sa marque, imagina une forme plus courte encore : un poème réduit à un quatrain suivi d'un tercet, le tout sur trois rimes. En voici un exemple (qui constitue par ailleurs un épithalame, c'est-à-dire un poème offert à l'occasion d'un mariage) :

> Le sommeil paresseux charmeur de nos pensées
> Ami de nos plaisirs ennemi de nos maux,
> N'ensorcela jamais les effets nuptiaux,
> Ni ne rendit jamais deux âmes offensées.
> Nuit au voile poissé dont la sombre vapeur
> Favorise toujours et la crainte et la peur,
> Hâte ton chariot aux roues harassées.

On peut effectivement pratiquer une réduction du sonnet ; mais pour qu'il préserve son âme de sonnet, il faut se garder d'en user de la sorte, ne serait-ce que parce que le système de rimes ainsi pensé aboutit à lier intimement quatrain et tercet, ce qui n'est pas dans l'esprit de la forme. Deux demi-sonnets ne feront jamais un sonnet... Et lorsque Gerard Manley Hopkins (1844-

1889) créera le *curtal sonnet*, le sonnet « court », ce sera sur un autre fondement, homothétique, pour aboutir à 10 vers et demi (6 + 4 et demi).

2. *14 = 8 + 6*

Dans l'univers du sonnet, 14, c'est d'abord 8 + 6. C'est le modèle italien originel, en tout cas le modèle fixé par Pétrarque, et ce sera le fondement du sonnet à la française — dans la pratique anglaise, 14 s'écrit plutôt 12 + 2, voire : (3 × 4) + 2. Pour ce qui est des huit premiers vers, ils pourront sans trop de discussion, en Italie comme en France, prendre la forme de deux quatrains, aux rimes identiques et embrassées (« abba abba »). En revanche, les six derniers vers constitueront le lieu d'une vraie différenciation entre les aires linguistiques et culturelles : en Italie, les six vers se conçoivent comme deux tercets symétriques (avec le système de rimes « cde cde », le plus souvent) ; en France, s'ils prennent tôt l'apparence de deux tercets d'un point de vue strophique, manifesté par la mise en page et l'éventuel recours à une ligne blanche pour les séparer, ces deux strophes de trois vers sont pensées, du point de vue des rimes, comme formant un ensemble décomposable en 2 + 4, c'est-à-dire « ccd eed » ou « ccd ede », selon qu'on suit le modèle marotique ou le modèle adopté par Peletier du Mans. Quoi qu'il en soit de la disposition des rimes, les six derniers vers, dans la pratique française, constituent, si l'on s'en tient provisoirement au critère des rimes, un distique et un quatrain. Autrement dit, et c'est là assurément une des clefs du sonnet à la française, au moins à partir du moment où l'habitude sera prise de penser les six derniers vers non comme un ensemble uni de six vers mais comme deux tercets, la forme se caractérisera par l'ambiguïté (fructueuse) de deux strophes identiques en volume mais fonctionnant de manière différenciée.

3. *Les lieux stratégiques*

Dans ces conditions, on aperçoit bien que les huit premiers vers du sonnet vont représenter un ensemble qui aura pour nécessité fondamentale de se constituer comme un bloc, comme une force cohérente, que rien n'entame. Le système des rimes embrassées répétées fait entendre l'unité des huit vers ; la syntaxe, le plus souvent, le soulignera encore davantage.

Le vers 9 introduit une rupture — plus précisément, les vers 9 et 10 constituent ce que les Italiens nomment la *volta*, le moment où le sonnet se libère du système clos des quatrains et s'aventure sur d'autres voies. Une nouvelle rime s'amorce, une nouvelle phrase débute là, dans bien des cas : le sonnet rebondit, échappe au carcan des quatrains.

Pourtant, les vers 9 et 10, en rimes plates, peuvent encore donner un sentiment d'équilibre, dégagé de l'ordonnancement des quatrains, certes, mais un équilibre nouveau, qui n'est pas totalement dynamique. En ce sens, c'est le vers 11 qui est amené, assez généralement, à dynamiser le sonnet en train de courir vers sa fin, ne serait-ce que parce que ce vers 11 introduit une nouvelle rime qui va rester en suspens jusqu'au vers 13 ou au vers 14 (selon le schéma des rimes adopté).

Tout nous conduit donc vers la chute du poème, vers ce quatorzième vers si essentiel, où tout se résout, un vers qui doit produire une forme de surprise — laquelle ne saurait cependant être totale, tant on l'attend... La fin du XVIᵉ siècle et le début du XVIIᵉ, sous l'influence italienne notamment, exigeront même qu'on y cherche la pointe, cet effet qui surprend jusqu'aux plus avertis.

3.

Énoncer la règle

1. *Fixer la forme*

Telle fut bien l'ambition de Théodore de Banville dans son *Petit traité de poésie française*, en 1872 — après les théoriciens du XVIe siècle…

> À propos du Sonnet, méditer avec grand soin les observations suivantes :
> 1. La forme du Sonnet est magnifique, prodigieusement belle, — et cependant infirme en quelque sorte ; car les tercets, qui à eux deux forment six vers, étant d'une part *physiquement* plus courts que les quatrains, qui à eux deux forment huit vers, — et d'autre part *semblant* infiniment plus courts que les quatrains, — à cause de ce qu'il y a d'allègre et de rapide dans le tercet et de pompeux et de lent dans le quatrain ; — le Sonnet ressemble à une figure dont le buste serait trop long et dont les jambes seraient trop grêles et trop courtes. Je dis *ressemble*, et je vais au-delà de ma pensée. Il faut dire que le Sonnet *ressemblerait* à une telle figure, si l'artifice du poète n'y mettait bon ordre. […] L'artifice doit donc consister à grandir les tercets, à leur donner de la pompe, de l'ampleur, de la force et de la magnificence […] il s'agit d'exécuter ce grandissement sans rien ôter aux tercets de leur légèreté et de leur rapidité essentielles. […]
> 2. Le dernier vers du Sonnet doit contenir un trait — exquis, ou surprenant, ou excitant l'admiration par sa justesse et par sa force.

Lamartine disait qu'il doit suffire de lire le dernier vers d'un Sonnet ; car, ajoutait-il, un Sonnet n'existe pas si la pensée n'en est pas violemment et ingénieusement résumée dans le dernier vers.

Le poète des *Harmonies* partait d'une prémisse très juste ; mais il en tirait une conclusion absolument fausse.

Oui, le dernier vers du Sonnet doit contenir la pensée du Sonnet tout entière. — Non, il n'est pas vrai qu'à cause de cela il soit superflu de lire les treize premiers vers du Sonnet. […]

Ce qu'il y a de vraiment passionnant dans le Sonnet, c'est que le même travail doit être fait deux fois, d'abord dans les quatrains, ensuite dans les tercets, — et que cependant les tercets doivent non pas répéter les quatrains mais les éclairer, comme une herse qu'on allume montre dans un décor de théâtre un effet qu'on n'y avait pas vu auparavant.

Enfin, un Sonnet doit ressembler à une comédie bien faite, en ceci que chaque mot des quatrains doit faire deviner — dans une certaine mesure — le trait final, et que cependant ce trait final *doit surprendre* le lecteur, — non par la pensée qu'il exprime et que le lecteur a devinée, — mais par la beauté, la hardiesse et le bonheur de l'expression. C'est ainsi qu'au théâtre un beau dénouement emporte le succès, non parce que le spectateur ne l'a pas prévu, — il faut qu'il l'ait prévu, — mais parce que le poète a revêtu ce dénouement d'une forme plus étrange et plus saisissante que ce qu'on pouvait imaginer d'avance.

2. *L'impossible règle*

Le texte de Banville expose avec fermeté un certain nombre d'éléments caractéristiques du sonnet. Mais il est porté par le souci de réduire toutes les réalisations concrètes qui « dénatureraient » le sonnet. Or, force est de constater que le sonnet, loin de se cantonner à une forme bien établie, offre de très nombreuses variations — qui empêchent de le considérer tout à fait comme une forme fixe.

Il n'est assurément pas question d'envisager ici toutes les variations possibles sur la forme du sonnet telle que la tradition française l'a fixée. On se contentera d'en examiner succinctement quelques aspects, pour mieux faire voir la *variabilité* du sonnet.

On peut abandonner rapidement les sonnets en vers rapportés, qui ne représentent pas à proprement parler une variation sur la forme canonique du sonnet mais plutôt une mise en œuvre particulière de celle-ci, assez prisée dans les dernières décennies du XVIe siècle. On en trouvera plusieurs exemples dans ce volume (le sonnet «Du triste cœur voudrais la flamme éteindre» de Mellin de Saint-Gelais, p. 21 ; le sonnet de Jodelle, p. 33) : il s'agit d'une mise en œuvre de la syntaxe qui place, par exemple, un verbe en facteur commun à plusieurs compléments ; la disposition de la matière verbale peut alors engendrer des lectures «verticales» qui vont à l'encontre de la lecture traditionnelle.

Attardons-nous davantage sur le sonnet double, qui consiste à allonger le sonnet et ses quatorze vers traditionnels de vers supplémentaires, durant le poème lui-même (voir Dante, p. 12-15) ; parfois, ils ont comme la fonction de commenter le sonnet de l'intérieur, ou de l'amplifier sans le détruire. Mais on trouve également des sonnets dits «à queue», dont on offre ici plusieurs exemples : «Keepsake» d'Albert Samain (p. 117), où l'on étire le quatorzième vers et une rime précédente pour prolonger encore plus loin le poème, prolongement et conclusion qui reprend la rime du vers 12, empêchant que les vers 13-14 ne créent un distique final par la rime. Ou «Le charpentier» (p. 134) et

« L'oratoire » de Jacques Réda (p. 142), où l'on note que le « Se taisent » du vers 15 n'est qu'un bref prolongement dont la vraie fonction est de dramatiser, en quelque sorte, la chute du poème.

Il y a encore le sonnet interrompu (Saint-Amant, p. 62), le sonnet inversé (« Le crapaud », Corbière, p. 90), autant de variations qui font violence à la forme par la strophe ou par la rime, par rapport aux lecteurs également — il s'agit bien de les étonner… Et que dire du sonnet en prose ? Remy de Gourmont nous en offre un exemple (p. 121), qui peut sembler étrange — mais qui ne l'est pas davantage que la traduction en prose des *Sonnets* de Shakespeare par Pierre Jean Jouve… En prose ? Oui, à ceci près (et c'est essentiel) qu'il reste un dispositif « strophique » qui préserve quelque chose du rythme du sonnet, de sa structure.

De fait, toutes ces formes qui résultent de variations délibérées, si elles entachent la forme canonique du sonnet, sont bien identifiées comme relevant de cette forme « défigurée ». Autrement dit, on peut ne pas respecter le système de rimes attendu, on peut même ne pas respecter la disposition strophique la plus courante pour le sonnet, le lecteur reconnaîtra encore le sonnet… Disons-le autrement : bien des sonnets irréguliers sont perçus encore comme sonnets, au point qu'il peut être difficile de déterminer à partir de quelle limite l'on n'a plus affaire à un sonnet…

Un sonnet peut rester inachevé, ouvert, on l'a vu — et ∈ de Jacques Roubaud comporte même des sonnets « absents » : ils ne nous sont pas donnés dans le livre, ils ne sont pas imprimés, mais ils existent, ils sont pensés pour être là — même si on ne nous les livre pas. Cas limite, certes, qui n'a de sens, s'il en a un, que dans le cadre d'un livre de sonnets.

3. *La respiration de la langue*

Deux formules d'Aragon, en guise de réponse à la question (quasi indécidable) des limites du sonnet. Tout d'abord, sous l'impulsion de la lecture des *Trente-trois sonnets composés au secret* de Jean Cassou, Aragon voit dans le sonnet «l'expression de la liberté contrainte, la forme même de la pensée prisonnière» (préface, 1944). Puis, dans la préface aux *Trente et un sonnets* de Guillevic (1954) : «Ah, je vous en prie, arrêtez-vous, arrêtez-vous toujours entre les deux tercets pour sentir la beauté, la profondeur pure de l'haleine, dans cet enjambement-là... cette respiration où bat le cœur...»

«Liberté contrainte», «respiration» : le jeu métaphorique dit, en une sorte d'anthropomorphisme, l'énergie que le sonnet enferme *et* libère, cette dialectique de la densité *et* de l'expansion, ce rythme d'un équilibre construit (les quatrains) pour mieux trouver réplique avec les tercets — et jusqu'au ressaisissement final. La chute, dit-on souvent, mais pourquoi pas l'envol, ou, mieux encore : la suspension? Le «s'enfuient» qui achève le fameux sonnet de du Bellay (p. 29) cesse-t-il jamais de s'exténuer?

4.

Le sonnet comme espace visible

L e sonnet se présente d'abord, historiquement, comme un bloc de quatorze vers, avec ou sans retrait par rapport à la marge gauche en début de strophe. En France, dès le XVIIᵉ siècle, s'impose cependant l'habitude de séparer les strophes par une ligne blanche (on en trouve déjà quelques exemples au siècle précédent). On obtient de ce fait une plus grande clarté, sans doute, au sens où les strophes apparaissent détachées les unes des autres. Mais les puristes, ceux qui sont, à bon droit, attachés à la nature du sonnet, peuvent y voir un infléchissement éventuellement condamnable, et ce à un double titre : d'une part parce que dissocier ainsi les quatre strophes revient à donner un nouveau visage à la forme même du sonnet ; d'autre part parce que l'espace désormais occupé par le sonnet n'est plus de quatorze vers mais de dix-sept lignes... Il ne s'agit pas là d'un détail qui engagerait seulement l'occupation dans la page : certains poètes modernes ont pu considérer que ces dix-sept lignes constituaient bien l'espace du sonnet, dont ils pouvaient jouer.

De fait, si le sonnet se prête fort peu à des jeux de mise en espace dans la page qui tendraient vers le calligramme (le savoureux et ludique « Sonnet pointu » d'Haraucourt, p. 95, n'est qu'une exception, d'ailleurs contestable : le recours à l'hétérométrie n'est guère dans la tradition du sonnet, qui joue bien plutôt de la régularité du mètre pour mieux mettre en valeur d'autres effets), il a tôt été perçu comme une manière spécifique d'occuper l'espace de la page. On peut ainsi signaler que la tradition anglaise tend à dissocier les deux derniers vers par la mise en page : ils interviennent après un retrait à droite en début de ligne (c'est dans ce sillage que Jacques Roubaud inscrit délibérément le dernier poème de son recueil *Churchill 40* — ici : page 144 — même si l'absence de rime ne constitue pas ces deux derniers vers en distique selon la tradition anglaise).

Surtout, le sonnet est une façon d'investir l'espace

d'une page. Comme le dit Jacques Roubaud dans « Un sonnet » (p. 143), avec quelque ironie tournée du côté des pratiques artistiques contemporaines, cette forme est « une installation de lettres et de blancs ». En ce sens, le sonnet constitue une manière de ménager, dans la page, un espace où la langue puisse jouer, puisse se déployer et construire un discours. Cet espace, ce peut tout aussi bien être un espace mental, facilement maîtrisable compte tenu des dimensions du sonnet. On peut encore le penser selon le modèle de la « chambre » hérité de pratiques poétiques médiévales, qui concevaient la strophe comme une *stanza* où inscrire les mots. Ce faisant, le sonnet peut être perçu comme un « espace » qu'on se donne pour vivre un moment poétique — un espace limité, « contraint », *et* de liberté.

Il n'est sans doute d'ailleurs pas anodin que plusieurs poètes modernes recourent à la même métaphore pour désigner le sonnet : j'ai « bâti de petites maisons de quatorze planches pour qu'en elles vivent tes yeux que j'adore et que je chante », écrit Neruda (*La Centaine d'amour*, dédicace) ; et Aragon : « Il y a des maisons qui sont des sonnets » (préface aux *Trente et un sonnets* de Guillevic en 1954). Sans donner plus de poids à la métaphore qu'elle ne peut en avoir, entendons là cette exigence que le poème soit lieu à vivre, lieu à partager — dans et par la langue.

Pourquoi Emmanuel Hocquard perçoit-il les poèmes de son livre *Un test de solitude* comme des sonnets (p. 138-139) ? Parce que ses poèmes d'amour, dit-il, ne peuvent que s'inscrire dans la tradition pétrarquiste du *canzoniere*. Mais aussi et surtout parce que le sonnet constitue d'abord à ses yeux un format, un cadre, celui d'un rectangle. Que reste-t-il là de la forme du sonnet ? Les quatorze vers (libres) et le format. Est-ce suffisant ?

On peut en discuter — et cela prouve que la forme est vivante.

Dans une lettre de février 1922, Rilke précise que le sonnet « est d'autant plus libre, et pour ainsi dire changeant, qu'il se peut concevoir en une forme si stable et fixe. Changer ainsi le sonnet, l'élever, le mettre d'une certaine façon en mouvement sans le détruire, cela a été pour moi [...] une tentative et une tâche singulière ».

Là se trouvent les limites et la force du sonnet comme forme (si peu) fixe : dans cette capacité que le poète peut avoir de la mettre en mouvement sans la détruire. La liberté contrainte, autrement formulée...

L'écrivain
à sa table de travail
Construire un livre de sonnets

LE SONNET EST UNE FORME brève et il doit se suffire à lui-même : il est pensé pour occuper une page et investir l'oreille durant les quelques secondes que peut durer sa lecture. Des poèmes aussi exigeants, aussi radicalement pensés que certains sonnets de Stéphane Mallarmé, par exemple, prétendent atteindre, en l'espace de quatorze vers, une sorte d'absolu de la forme qui se suffit à elle-même, qui va au bout de toute expérience de la forme — inutile d'en écrire encore, d'en écrire d'autres, d'une certaine façon... Mais c'est là une vision absolue des choses, qui correspond sans doute à un moment de la réflexion sur la littérature, à une conception très radicale de sa nature. Un prolongement de l'idéalisme baudelairien en la matière, si l'on veut — voir la lettre à Armand Fraisse citée page 9 —, que la formule mallarméenne bien connue («Le sonnet est un grand poème en petit») explicite.

En d'autres temps, au contraire, il n'était pas concevable qu'un poète nourrisse une telle vue, qui fasse d'un sonnet le lieu inouï où la poésie même, d'un seul geste, s'épuisait. Dans la lignée de l'exemple de Pétrarque, tout poète digne de ce nom devait produire son *canzo-*

niere — un volume de poèmes, non pas obligatoirement de sonnets seulement.

De fait, un certain nombre de poètes n'ont pas seulement écrit des sonnets, qu'ils auraient réunis, avec d'autres poèmes, pour des recueils (des recueils collectifs, avec d'autres poètes, ou des recueils de leurs œuvres complètes, par exemple) : ils ont assez souvent composé un ensemble, c'est-à-dire pensé leur recueil de sonnets comme un vrai livre, entendons un ouvrage qui ait un début et une fin, qui soit construit pour être lu, éventuellement, du début à la fin — on peut certes en faire une autre lecture, en piochant çà ou là tel ou tel poème, mais le livre a été pensé comme un tout et les sonnets y interviennent selon un ordre particulier.

I.

Un livre discontinu

1. *Construire du sens*

Un tel livre, composé de sonnets juxtaposés, relève du discontinu : si on lit les poèmes dans l'ordre où ils sont présentés, on lit un sonnet, puis un autre, etc. Dès lors se construisent, sur le fondement de cette discontinuité même, des effets de sens, *un* sens même que le livre en tant que tel vise à constituer, et qui permet de le reconnaître comme un ouvrage unique, cohérent, qui impose une image du poète, une conception de l'amour, une réflexion sur la mort... Si l'on a bien affaire à un livre, la coexistence des poèmes induit le sentiment de variations cohérentes, formelles et thématiques, qui peu à peu élaborent un *discours* dont seule la lecture de l'ensemble des poèmes permet de prendre la pleine mesure.

Sans doute pourrait-on produire la même observation pour tout livre de poèmes, qu'il s'agisse de sonnets, d'élégies ou d'odes, ou de n'importe quelle forme poétique. Cependant, il faut veiller à ne pas oublier que le phénomène de discontinuité ne peut que se trouver amplifié par la brièveté du sonnet tout comme par sa structure particulière, tendue vers une chute qui l'achève absolument. Chaque sonnet est clos sur lui-même, et lire un sonnet après un autre, c'est vivre une *nouvelle* expérience poétique. Et pourtant, l'ensemble de ces rencontres avec des poèmes successifs peut produire une impression de cohérence, voire de progression — sur un mode inévitablement discontinu.

Pour preuve, le fait que la consécution de certains sonnets est envisagée par le poète comme la source d'un effet qui procure à chacun des deux sonnets concernés un surplus de sens — un sonnet invitant à relire l'autre, incitant à le repenser, à l'entendre autrement, au miroir de celui qui le suit ou le précède. Les deux sonnets consécutifs de Sponde donnés pages 49 et 50 le montrent assez.

Dans cet esprit, on sera porté à conclure que lorsqu'on est confronté à un livre dûment pesé, vraiment conçu comme un ensemble, les poèmes n'interviennent pas n'importe où, sont peut-être même écrits en fonction de la place qui leur sera assignée. Le sonnet de Lionel Ray offert page 136 clôt le recueil où il prend place, tout comme « Le banc » (p. 144) de Jacques Roubaud, et ces deux sonnets doivent bien se lire comme un *envoi*, comme des sonnets particuliers, qu'on ne saurait permuter avec tel autre.

2. *Composer un livre de sonnets*

Une telle observation conduit à considérer que des livres de sonnets vraiment pensés comme des ensembles sont plus que des recueils où les sonnets se suivaient sans ordre ni intention. L'exemple qui vient immédiatement à l'esprit est assurément celui des *Regrets* de Joachim du Bellay, dont on a tôt remarqué la composition particulière : le recueil comporte trois moments essentiels (l'un consacré à la plainte, le poète déplorant son éloignement, chantant son « exil » à Rome ; l'autre dévolu à la satire de ce monde romain qu'il avait tant désiré connaître et qui le déçoit profondément ; le dernier enfin qui évoque le retour en France et relève, pour l'essentiel, de l'éloge de hauts personnages). Au total, et au-delà de la discontinuité produite par la lecture successive des sonnets, c'est un portrait de soi que construit le poète, de soi et du monde, des mondes qu'il découvre et côtoie.

Significativement, certains poètes ont contourné le problème de la discontinuité en escortant leurs sonnets de différentes manières, explicitant d'autant plus la cohérence du livre en tant que tel. Ainsi de la *Laure d'Avignon* (1548-1555) de Vasquin Philieul, qui s'inspire d'une version particulière du *Canzoniere* de Pétrarque, non de celle qui est établie de nos jours. Cette version tend à constituer le recueil en récit des amours de Pétrarque et de Laure — ce qui est tomber dans une forme d'illusion autobiographique, entretenir l'ambiguïté de l'implication réelle de l'auteur dans la douleur qu'il peut chanter, mais c'est là une autre question. Vasquin Philieul souligne cette lecture du recueil en faisant précéder la plupart des poèmes d'un « Argument » qui précise (en les inventant le plus souvent...) les circonstances supposées de la composition du texte, délivre des informations prétendument nécessaires à sa juste compréhension, voire analyse les sentiments et leur évolution. Ainsi le sonnet LXI du *Canzoniere* (donné ici même p. 18-19) est introduit par Vasquin Philieul de la manière suivante : « Par évidents signes montra qu'elle lui portait amour honnête. » Ce faisant, il transforme le livre en une sorte de « roman », narré de manière discontinue par les poèmes.

Dans une tout autre perspective, la *Vita nuova* de Dante s'élabore également sur le fondement de sonnets commentés, et qui n'interviennent pas dans un ordre fortuit.

Convoquons encore un autre type de recueil, fort significatif : celui de l'entreprise de « journal » en sonnets qu'a menée Robert Marteau (voir p. 135) durant plusieurs années, s'astreignant à rédiger un sonnet par jour, ou quasiment. On peut certes alléguer d'autres exemples de pratiques du même ordre sur la base d'autres formes poétiques mais ce sont en l'occurrence les dimensions réduites du sonnet qui font tout le prix, toute la densité de l'expérience — y compris dans la répétition et l'accumulation. ∈ de Jacques Roubaud (voir p. 129) confronte plus directement encore à ce genre de questions, l'ouvrage étant conçu sur le modèle du jeu de go, chaque poème étant dès lors l'équivalent d'une pièce sur le plateau de jeu, et une pièce qu'on ne peut faire jouer de n'importe quelle façon. Dans un tel cas, le poème n'est qu'un pion à partir duquel se configure un espace de jeu poétique.

Au reste, il peut aussi advenir qu'un livre de poèmes ne comporte pas seulement des sonnets (ce qui est par ailleurs le cas, rappelons-le, du *Canzoniere* de Pétrarque).

Citons ici *L'Amour des Amours* (1555) de Peletier du Mans, qui offre au lecteur un diptyque : une partie de 96 sonnets, une autre composée de pièces strophiques comme l'ode — et cette partie élève le ton, faisant de l'amour humain, par opposition, un discours poétique à dépasser, dans une perspective néoplatonicienne.

La même problématique liée à la constitution d'un ensemble cohérent mais fondé sur des éléments discontinus peut d'ailleurs se retrouver à un autre niveau, celui du nombre de sonnets réunis dans une même composition — on ne s'en étonnera pas compte tenu de ce que l'on a pu dire quant à l'importance des nombres dans la pensée même du sonnet...

2.

Le nombre de sonnets

1. *Des ensembles numériquement pensés sur la base de leur thématique et de leur nature*

Dans *La forme d'une ville change plus vite, hélas, que le cœur des humains* (1999), Jacques Roubaud intègre une section comportant vingt sonnets : un par arrondissement de Paris. C'est donc un tour du monde (parisien) en vingt sonnets... Mais c'est aussi une déambulation dans l'histoire du sonnet puisque cet ensemble joue de différentes pratiques de la forme, qu'il s'agisse du type de mètre employé ou de la mise en page (on a des sonnets d'un seul bloc, ou bien des strophes séparées par des lignes blanches...).

Signalons encore que dans le même recueil figure une section intitulée « Square des Blancs-Manteaux », sous-titrée « Méditation de la mort, en sonnets, selon le protocole de Joseph Hall » (voir p. 140) : l'auteur compose un ensemble de dix-huit sonnets, répartis en trois groupes de six sonnets, selon un *protocole* inspiré par Joseph Hall, pasteur anglican du xviie siècle. Au-delà du terme *méditation*, qui mériterait un développement approfondi du côté des pratiques religieuses de la fin du xvie siècle et du début du xviie siècle, notamment les exercices spirituels, le vocable *protocole* dit assez que s'élabore dans un cas comme celui-là une procédure méditative fondée sur une suite de sonnets, en nombre déterminé, présenté dans un ordre prédéfini pour produire un effet particulier.

2. *Un sonnet ? Cent sonnets ?*

Ne manquons pas de remarquer qu'un certain nombre de livres de sonnets comporte cent poèmes. Ce n'est aucunement dû au hasard, et les poètes concernés en font même l'enjeu d'un discours sur le sonnet, voire sur le livre de sonnets, qui se trouve intégré dans l'ouvrage lui-même.

Ainsi de *La Centaine d'amour* de Pablo Neruda : c'est un livre composé de cent sonnets répartis en quatre sections (intitulées « Matin », « Midi », « Soir » et « Nuit »). Dans la dédicace à la femme aimée, le poète use, pour désigner ses sonnets, de la métaphore de la « petite maison », qu'on peut évidemment étendre au livre en son entier : c'est une demeure d'amour, une « agglomération » de sonnets qui sera leur résidence amoureuse. En extraire un sonnet, en lire un en oubliant qu'il a une fonction dans l'économie générale du livre, c'est en manquer un aspect essentiel, le dénaturer d'une certaine manière.

Au reste, ce recours à des livres de cent sonnets n'est pas sans autres modèles. Au premier chef, celui d'Agrippa d'Aubigné, qui pense son recueil le *Printemps* en trois parties : *L'Hécatombe à Diane*, composé de cent sonnets, de stances et d'odes. Le sonnet XCVI joue d'ailleurs du nombre de sonnets et le légitime à sa manière ; en voici les quatrains :

> Je brûle avecq' mon âme et mon sang rougissant
> Cent amoureux sonnets donnés pour mon martyre,
> Si peu de mes langueurs qu'il m'est permis d'écrire
> Soupirant un Hécate, et mon mal gémissant.
> Pour ces justes raisons, j'ai observé les cent :
> À moins de cent taureaux on n'a fait cesser l'ire
> De Diane en courroux, et Diane retire
> Cent ans hors de l'enfer les corps sans monument.

Le poète thématise donc le choix qu'il a fait du nombre de sonnets, jouant de l'étymologie du terme *hécatombe* («sacrifice de cent bœufs»).

Mais aussi, autre référence peut-être moins attendue : Boris Vian, dont les *Cent sonnets* (qu'on trouvera au volume 5 de ses *Œuvres*, Paris, Fayard, 1999) constituent une œuvre de jeunesse, sans doute écrite dans les années 1941-1944 — à une époque, rappelons-le, où le sonnet apparaît comme une forme académique, même si délaissée, qu'il s'agit pour l'auteur d'investir afin de prendre pied de manière décalée dans le monde des lettres. Or, le nombre de sonnets n'est pas dû au hasard, il est même pensé pour permettre un jeu de mots : le titre du livre est un calembour, explicité par le titre d'une section du livre : «Sansonnets» (section qui comporte elle-même quatorze sonnets)... (c'est-à-dire un sonnet de sonnets). Le sansonnet, c'est cet oiseau démoniaque créé par Satan pour répondre à la colombe divine — le calembour vaut donc diabolisation humoristique de la forme académique. Mais aussi : roupie de sansonnet — franchement, tout cela ne vaut rien, s'amuse à faire comprendre le jeune Boris...

3.

Le sonnet comme structure de pensée et de composition

A u bout d'une telle logique, qui fait du livre de sonnets une sorte de puzzle où toute pièce a son importance, quelque place qu'elle occupe, on peut en venir à faire un usage métaphorique, abstrait même, du sonnet. Un livre de sonnets n'est pas n'importe quel livre de poèmes, ne serait-ce qu'en raison de la force du 14... Dans ces conditions, le sonnet, et en lui-même et en tant qu'il participe de la constitution d'un ensemble, peut devenir modèle pour un projet de nature différente. Le même Jacques Roubaud, précisément parce que le sonnet est à ses yeux une forme exceptionnellement productrice, un modèle mathématique à sa manière, n'hésite pas à en faire un référent majeur d'autres œuvres. À telle enseigne que dans la quatrième «branche» de son entreprise de mémoire en prose — initiée par *Le Grand Incendie de Londres* (1989), prolongée par *La Boucle* (1993) puis par *Mathématique* (1997) —, branche intitulée *Poésie* (2000), il évoque dans le menu son rapport à la poésie et la publication de son premier livre, $\in$. Or, la table des matières est pensée, présentée comme une sorte de sonnet (en prose, en l'occurrence...), construite selon les modalités du sonnet, y compris du côté de l'attention portée aux strophes. Dans de telles conditions, le sonnet est plus qu'une forme concrète, matérielle, oserait-on dire : il est d'abord l'*idée* qu'on a de lui, l'image qu'on en a produit, et que l'on peut transposer en d'autres lieux et circonstances — tout comme le même écrivain peut d'ailleurs recourir au modèle de la sextine pour le mettre en œuvre dans le cadre d'un cycle romanesque, celui de *La Belle Hortense*.

Groupement de textes

À la découverte
d'autres formes poétiques

DÉCOUVRONS TROIS FORMES fixes très éloignées du sonnet : le chant royal, la sextine et le pantoum. Elles ont une histoire très différente, ce qui permet d'observer le devenir d'une forme poétique : le **chant royal** est une forme médiévale, liée à des circonstances particulières, qui disparaît quasiment à la Renaissance ; la **sextine** est une forme médiévale européenne, d'une autre nature et qui subit un sort à peine plus enviable, même s'il se trouve plusieurs poètes, aux XIXe et XXe siècles, pour tenter de la faire renaître ; le **pantoum**, enfin, est une forme moderne, développée en France au cours du XIXe siècle.

Chant royal et pantoum sont fondés sur la répétition, plus précisément sur des répétitions de modalités très différentes. La sextine, elle, présente un mode de composition complexe, fondé sur une permutation (qui constitue donc une autre modalité de la répétition…) assurant la cohésion d'ensemble de la forme fixe. Si ces trois formes sont tendues vers une clôture annoncée, une sorte de point d'orgue consécutif à des reprises, des déplacements, des jeux d'échos, elles ne jouent aucunement des effets de chute propres au sonnet — ni ne relèvent d'une écriture de la brièveté.

1.

Le chant royal

É manation de la poésie musicale des trouvères, il fait son apparition à la fin du XIIIᵉ siècle et trouvera un premier accomplissement à la fin du XIVᵉ siècle, non sans s'être rapproché de la forme de la ballade. L'implication de Guillaume de Machaut (1300-1377) dans ces deux formes signale qu'elles sont encore pleinement liées à la musique. La forme de la ballade, elle, va se fixer avec Eustache Deschamps (v. 1346-v. 1407). À cette époque, les deux formes sont pensées l'une par rapport à l'autre : toutes deux relèvent des poèmes nobles (même si la ballade peut chanter divers sujets et sur des tons différents, tandis que le chant royal est astreint à une plus haute dignité), toutes deux comportent (le plus souvent...) un refrain et un envoi, mais la ballade est plus courte (3 strophes) que le chant royal (5 strophes).

Une strophe peut compter, en général, de sept à douze vers — le plus souvent en décasyllabes, le vers noble de l'époque, mais aussi en octosyllabes. Le système des rimes au sein des strophes est à la discrétion du poète (en général, la strophe s'ouvre sur quatre vers rimant « abab ») mais toutes les strophes reprennent les mêmes rimes, qui se retrouvent ainsi, et dans le même ordre, dans chaque strophe. Toute strophe s'achève par le refrain, généralement réduit à un vers.

Le chant royal, encore beaucoup pratiqué au XVᵉ siècle (notamment dans le Nord avec la tradition des Puys, fêtes qui sont l'occasion de la célébration poétique d'événements religieux ou de figures religieuses), est en débat dès le milieu du XVIᵉ siècle : si Sébillet et Aneau en prônent encore l'usage, la Pléiade, et du Bellay au premier chef, n'y voient qu'une forme ancienne, à délaisser. De ce point de vue, ballade et chant royal sont liés au débat sur le sonnet. Pourtant, il continue de s'écrire des chants royaux jusque dans les années 1640 et une tendance s'impose : celle des chants royaux composés de strophes de onze vers, plus exactement d'un cinquain (« ababb ») suivi d'un sizain (« ccdede » ou « ccdeed ») — et Jacques Roubaud note la proximité entre ces sizains et ceux des sonnets alors pratiqués à l'époque : il y voit même une influence de la pratique du chant royal sur celle du sonnet à la française.

Le chant royal s'écrit souvent en l'honneur de la Vierge. Mais Sébillet, dans son *Art poétique français*, en donne une vision à la fois plus large et plus précise :

> Aussi s'appelle-t-il chant royal de nom plus grave [que la ballade] : ou à cause de sa grandeur et majesté, qu'il n'appartient être chanté que devant les Rois ; ou pource que véritablement la fin du chant royal n'est autre que de chanter les louanges, prééminences des rois, tant immortels que mortels.
>
> [...] Le plus souvent la matière du chant royal est une allégorie obscure enveloppant sous son voile louange de dieu ou déesse, roi ou reine, seigneur ou dame : laquelle autant ingénieusement déduite que trouvée, se doit continuer jusques à la fin le plus pertinemment que faire se peut ; et conclure enfin ce que tu prétends toucher en ton allégorie avec propos et raison.

Le chant royal, perçu comme trop complexe et trop lié à des pratiques anciennes, disparaît progressivement ; dès le début du XVIIᵉ siècle, il n'est plus qu'une survivance. Il revit aujourd'hui sous la plume de quelques très rares poètes, dont le Gascon Bernard Manciet (*Chants royaux*, Fumel, La Barbacane, 1993).

Dans ce chant royal de Marot, dont le sujet n'est pas tout à fait traditionnel, et qui manifeste surtout l'emprise du pétrarquisme dans la poésie française du début du XVIe siècle, le refrain est directement emprunté à un sonnet de Pétrarque (dernier vers du sonnet XC du *Canzoniere*). À chaque occurrence, le refrain trouve un sens différent, ce qui manifeste la maîtrise du poète et l'un des enjeux de la forme.

Clément MAROT (1496-1544)

Les Œuvres de Clément Marot (1538)

(1re publication dans *Les Opuscules*
et *Petits Traités de Clément Marot*, 1530-1532)
« Chant royal dont le Roi bailla le Refrain »

Prenant repos dessous un vert Laurier,
Après travail de noble Poésie,
Un nouveau songe assez plaisant l'autre hier,
Se présenta devant ma fantaisie
De quatre Amants fort mélancolieux,
Qui devers moi vinrent par divers lieux :
Car le premier sortir d'un Bois j'avise :
L'autre d'un Roc : celui d'après ne vise
Par où il va : L'autre saute une Claie :
Et si[1] portaient (tous quatre) en leur Devise,
Débander l'Arc ne guérit point la Plaie.

Le Premier vint tout pâle me prier
De lui donner confort par courtoisie.
Poursuivant, suis (dit-il) dont le crier
N'est point ouï d'une, que j'ai choisie.
Elle a tiré de l'Arc de ses doux yeux
Le perçant Trait, qui me rend soucieux,
Me répondant (quand de moi est requise)

---

1. Cependant.

Que n'en peut mais, et sa beauté exquise
De moi s'absente, afin qu'en oubli l'aie :
Mais pour absence en oubli n'est pas mise :
Débander l'Arc ne guérit point la Plaie.

L'autre disait au rebours du Premier,
J'ai bien assez, et ne me rassasie :
Car Servant suis de jouir coutumier
De la plus belle et d'Europe, et d'Asie.
Ce néanmoins Amour trop furieux
D'elle me fait être plus curieux,
Qu'avant avoir la jouissance prise,
Ainsi je suis du feu la flamme éprise,
Qui plus fort croît, quand éteindre on l'essaie,
Et connais bien, qu'en amoureuse emprise
Débander l'Arc ne guérit point la Plaie.

Après je vis d'aimer un vieil Routier,
Qui de grand cœur sous puissance moisie
Chanta d'Amours un couplet tout entier,
Louant sa Dame, et blâmant Jalousie :
Dont les premiers ne furent envieux :
Bien lui ont dit, Vieil Homme entre les Vieux,
Comment serait ta pensée surprise
D'aucun amour, quand le temps, qui tout brise,
T'a dénué de ta puissance gaie ?
J'ai bon vouloir (répond la Tête grise)
Débander l'Arc ne guérit point la Plaie.

D'un Rocher creux saillit tout au dernier
Une Âme étant de son Corps dessaisie,
Qui ne voulait de Charon Nautonnier
Passer le Fleuve. Ô quelle frénésie !
Aller ne veut aux Champs délicieux,
Ains[1] veut attendre au grand Port Stygieux
L'Âme de celle, où s'amour[2] est assise,
Sans du venir savoir l'heure précise.
Lors m'éveillai, tenant pour chose vraie,

---

1. Mais au contraire.
2. Son amour.

Que, puisque amour suit la Personne occise,
Débander l'Arc ne guérit point la Plaie.

Prince, l'Amour un Quérant tyrannise :
Le Jouissant cuide[1] éteindre, et attise :
Le Vieil tient bon : et du Mort je m'émaie[2].
Jugez, lequel dit le mieux sans feintise,
Débander l'Arc ne guérit point la Plaie.

Dans ce « Chant royal » de Le Fèvre de La Boderie,
le caractère allégorique est pleinement conforme aux
attentes de la forme.

Guy LE FÈVRE DE LA BODERIE (1541-1598)

L'Encyclie des secrets de l'éternité (1570)

« Chant royal »

IV

Quand des péchés les furieuses ondes
Eurent noyé la terre des humains
Le seul Repos de l'Arche des trois Mondes
Fit reposer l'ouvrage de ses mains
Dessus des Monts de la haute Arménie
Hauteur de Dieu au siècle d'or bénie
Puis mit dehors par son verbe tout beau
Le sens ombreux qui est un noir Corbeau
Qui ne retourne apporter la nouvelle
Seule revint ne trouvant que de l'eau
LA TOUTE-BELLE ET CHASTE COLOMBELLE.

Du sens obscur les ailes vagabondes
Vont çà et là errant en leurs desseins
Mais l'Âme pure entre les eaux immondes
Des passions et appétits malsains

---

1. Croit à tort.
2. Je m'étonne.

Ne trouvant point de fermeté munie
Cingle de l'aile en fin argent brunie
Et rentre droit au centre du Rondeau
D'Éternité sans voile et sans bandeau
Pour ce que lors la sagesse éternelle
De cil qui[1] est retire en son vaisseau
LA TOUTE-BELLE ET CHASTE COLOMBELLE.

Là se tient coie en extase profonde
Et y reçoit les rais doux et sereins
De son Amant heureuse Âme qui sonde
D'un tel soleil les secrets souverains :
Elle apparaît une Aurore fleurie
Et pleine Lune étant de lui chérie
Elle séjourne au pertuis du quarreau
Tranché du Mont sans mains et sans marteau
Et son époux sa compagne l'appelle
Douce voix a et plaisant l'œil jumeau
LA TOUTE-BELLE ET CHASTE COLOMBELLE.

Le grand Moteur des sphères toutes rondes
L'unique Objet de tous Oiseaux hautains
Ayant fermé des Abîmes les bondes
Laisse couler quelques brefs jours certains,
Puis derechef met dehors son amie
Qui a trouvé la tempête finie
Les flots taris en maint et maint coupeau
Donc elle a pris d'olive le rameau
Et de la paix messagère fidèle
Porte au repos signe du renouveau
LA TOUTE-BELLE ET CHASTE COLOMBELLE.

On a bien vu des colombelles blondes
Voler au camp d'Antoine et des Romains
Ayant au pied des lettres trop fécondes
Qui contenaient avertissements maints
Et a rapport de telle compagnie
Vivait Discorde et Paix était bannie

_____

1. Celui qui.

Mais d'Olivier le feuillage nouveau
Que fit sortir la Fille du cerveau
Contre un cheval armé pour la querelle
Apaise tout et emporte le seau
LA TOUTE-BELLE ET CHASTE COLOMBELLE.

Prince l'olive au bec de mon Oiseau
C'est JÉSUS-CHRIST de Dieu paisible Agneau
L'Arche à trois rangs du Monde le Modèle
Et Marie est dedans ce grand bateau
LA TOUTE-BELLE ET CHASTE COLOMBELLE.

2.

La sextine

Inventée au XIIIe siècle par le troubadour Arnaut
Daniel, la sextine s'est développée dans plusieurs
langues européennes, notamment par le biais de poètes
aussi déterminants que Dante et Pétrarque (il s'en
trouve un certain nombre dans son *Canzoniere*). En
France, on en relève encore beaucoup d'exemples au
XVIe siècle, mais elle ne tarde pas à être délaissée, en
français comme en d'autres langues. Elle ne connaît
un vrai renouveau, bien que limité, qu'au XXe siècle.

La sextine repose sur la permutation de six mots-rimes
sur six strophes, de sorte que chacun des six mots-rimes
occupe tour à tour chacune des places possibles. Si l'on
compose une septième strophe, on retrouve la disposition des rimes de la première strophe — des séquences
de six strophes peuvent donc s'enchaîner. Mais on peut
encore, comme on procède le plus souvent, clore la
sextine par une *tornada*, strophe de trois vers seulement, chaque vers comportant deux des mots-rimes (le

plus souvent : un à l'hémistiche, un à la rime). L'usage est plutôt d'éviter que les six mots constituant les rimes riment entre eux.

Jean Antoine de BAÏF (1532-1589)

Œuvres en rimes (1572-1573)

Amour me met à tout. Il fait servir mon cœur
De blanc à la sagette[1], et de cire à la flamme,
Et de nuée au vent, et de neige à l'ardeur
Des rayons du Soleil. Il me tire, il m'enflamme,
Me tourmente, me fond, de vous seule empruntant
Tous les matériaux dont il me va battant.

Vos yeux donnent les traits dont il me va battant
Ils fournissent le feu qui m'échauffe le cœur,
De vos refus ce Dieu va le vent empruntant
Dont je suis tourmenté : puis vos yeux de leur flamme
Pour m'achever de fondre au fourneau qui m'en-
  flamme,
S'offre de lui prêter la violente ardeur.

Votre visage m'est un soleil plein d'ardeur
Votre parler un trait m'atterrant, me battant,
Votre regard un feu qui sans cesse m'enflamme
Mais où règne le vent où flotte ainsi mon cœur
Qu'en votre incertitude ; ô trait, Soleil, vent, flamme,
Vous allez vos assauts de ma belle empruntant.

Mais où vais-je étourdi ces discours empruntant ?
Car, las ! Mon désir seul me cause cette ardeur,
En mon âme tout seul je couve cette flamme,
Mon seul penser me va de désespoir battant,
Le trait de mon amour seul me perce le cœur,
Et mon affection d'elle seule s'enflamme.

---

1. De cible à la flèche.

Non pas que le Sujet, pour lequel je m'enflamme
En soi manque de force, ailleurs l'aile empruntant,
Mais je n'en suis pas digne : il méprise mon cœur
Trop bas pour ressentir les traits de son ardeur
Il ne va que les Dieux jusqu'en leur ciel battant.
Les hommes ne sont pas capables de sa flamme.

Ceux-là vivront, ceux-ci périront de sa flamme
Tant inégalement l'un et l'autre elle enflamme,
Et tant diversement elle les va battant.
Puissé-je donc d'un Dieu la forme être empruntant,
Afin de ne mourir des traits de son ardeur,
Mais proche de son feu faire vivre mon cœur.

Car pour certain mon cœur renaîtra dans sa flamme
Revivra de l'ardeur qui doucement l'enflamme
D'elle seule empruntant ce qui le va battant.

Louis ZUKOVSKY (1904-1978)

(traduction de Pierre Lartigue dans *L'Hélice d'écrire.*
La sextine, Les Belles-Lettres)
« Mante »

Mante en prière ! Mante ! Puisque tes ailes-feuilles
Et tes yeux d'épingle, terrifiés, brillants, noirs et pauvres
Supplient — « Regardez, prenez ça » (torsion des pen-
    sées !) « sauvez ça ! »
Moi je ne peux te regarder, ni te coucher, — Toi —
Tu peux — mais personne ne te voit te redresser perdue
Dans le souffle des voitures, le métro éclairé, sur la
    pierre.

Mante en prière, quel vent t'a fait monter là, pierre
Sur laquelle parfois tu te poses, proie parmi les feuilles
(Est-ce pour une bouchée d'amour que ton estomac
    se soulève et prie ?), perdue
Ici, la pierre ne propose que des sièges où les pauvres
Voyagent, et se dressant parmi les journaux ils peuvent
    t'écraser toi —

Confiture la foule des magasins mais pas de confiture
    sur ça.

Même le marchand de journaux qui sait maintenant
    que ça
Ne sert à rien, les journaux font de l'argent, l'argent,
    la pierre ; la pierre
Les banques « ça ne pique pas », dit-il en passant —
    Mais toi ?
Où te mettra-t-il ? Aucune sécurité sous la feuille
Où te glisser, la voilà la nouvelle ! trop pauvre
Comme tous les pauvres solitaires pour sauver ceux
    qui sont perdus.

Ne viens pas sur ma poitrine, mante ! tu seras perdue,
Laisse les pauvres rire de ma frayeur, et puis vois ça :
Ma honte, la leur. Toi que dans la vieille Europe les
    pauvres
Appellent spectre, ou fraise, tour à tour ; une pierre —
Tu montres le chemin — disent-ils — tu conduis les
    enfants perdus — les feuilles
Se ferment sur les sentiers que quittent les hommes
    sauvés, à l'abri près de toi.

Tuée par les ronces (hommes autrefois), qui à présent
    te sauvera toi
Mante ? Quel amour mâle portera une mouche per-
    due
Dans ta bouche, prophétesse, innocente qui ne détruit
    feuille
Ni main, fausse fleur, — le mythe est : mort, osse-
    ment, ça
S'était assemblé, semblant aile au vent : Sur la pierre,
Mante, tu mourras, toucheras, supplieras, des pauvres.

Androïde, mendiante amoureuse, plonge vers les
    pauvres
Comme ferait ton amour même sans tête, vers toi,
Broute, rouages mécaniques, verte, sur cette pierre
Et faisant proie de chaque poitrine terrifiée, perdue
Dis, je suis vieille comme le globe, ou la lune, ça

C'est ma vieille chaussure, et la vôtre, soyez libre comme
   feuilles.

Vole, mante, sur les pauvres, lève comme les feuilles
Les armées des pauvres, la force : pierre par-dessus
   pierre
Et construis le monde nouveau dans tes yeux, Sauve ça !

3.

Le pantoum

Tel qu'il s'est fixé en France, il découle du pantoun
(ou pantun) malais. Le pantun malais est une
forme populaire, orale, anonyme. À l'origine, il se présente comme un quatrain en rimes croisées. Il se carac-
térise surtout par une dialectique entre structure
sémantique et jeu des rimes : les vers 1 et 2 disent en
effet un événement, décrivent une situation ou un paysage, tandis que les vers 3 et 4 laissent libre cours à une
émotion ; en revanche, les vers 1-3 et 2-4 sont associés
phonétiquement (rimes, assonances, allitérations, répétition de mots). Puis — et c'est bien cela qui semble
avoir particulièrement retenu l'attention des poètes
européens — une pratique récurrente du pantoum l'a
fait évoluer vers un ensemble de quatrains fondé sur un
dispositif plus complexe : les vers 2 et 4 de chaque quatrain sont repris aux vers 1 et 3 du quatrain suivant.
   Ce sont les romantiques (Victor Hugo donne la traduction d'un pantun dans les « Notes » des *Orientales* en
1829 ; Théophile Gautier s'y essaie dans sa jeunesse,
puis Gérard de Nerval) qui introduisent le pantoum en
France (il apparaît dans d'autres langues européennes
à peu près à la même époque : en allemand, en anglais,

en russe…). Ils en adoptent une conception très souple, parfois limitée à un exotisme sémantique aux dépens des contraintes formelles ; dans les décennies suivantes, les rares poètes qui pratiquent le pantoum en infléchissent la forme. Mais dès 1856, Banville s'en empare, en compose, puis assigne au pantoum des règles assez strictes dans son *Petit traité de poésie française* (1872) :

> […] la règle absolue et inévitable du Pantoum […] veut que, du commencement à la fin du poème, DEUX SENS soient poursuivis parallèlement, c'est-à-dire UN SENS *dans les deux premiers vers de chaque strophe* ; et UN AUTRE SENS *dans les deux derniers vers de chaque strophe* […].
>
> Le Pantoum s'écrit en strophes de quatre vers.
>
> Le mécanisme en est bien simple. Il consiste en ceci, que le second vers de chacune des strophes devient le premier vers de la strophe suivante, et que le quatrième vers de chaque strophe devient le troisième vers de la strophe suivante. De plus, le premier vers du poème, qui commence la première strophe, reparaît à la fin comme dernier vers du poème, terminant la dernière strophe.
>
> […] UN SENS doit se poursuivre, d'un bout à l'autre du poème, dans les deux premiers vers de chaque strophe, tandis qu'UN AUTRE SENS doit se poursuivre, d'un bout à l'autre du poème, dans les deux derniers vers de chaque strophe. […] Oui, *en apparence*, les deux sens qui se poursuivent parallèlement dans le Pantoum, doivent être absolument différents l'un de l'autre ; mais cependant ils se mêlent, se répondent, se complètent et se pénètrent l'un l'autre, par de délicats et insensibles rapports de sentiment et d'harmonie.

Banville parle ensuite de « similitude dans la dissemblance ». Selon Jacques Jouet, « la grande beauté potentielle du pantoum est que chaque vers répété, changeant de voisinage, peut changer de sens et faire bouger le sens. À la finale d'une proposition, puis à son initiale, il joue deux rôles différents, tout en existant fortement par lui-même, sous l'effet de la répétition ».

Le pantoum, pratiqué par les parnassiens puis par les symbolistes, délaissé dans la première moitié du XXᵉ siècle, a suscité l'intérêt de Raymond Queneau (il retravaille la codification banvilienne du pantoum dans un texte de 1964 repris dans *Bâtons, chiffres et lettres*) ; la forme est aujourd'hui encore un peu usitée, notamment par les poètes de l'Oulipo.

Ce pantoum écrit par Louisa Siefert déroge à l'existence de deux sens menés conjointement, mais se signale par une vraie virtuosité dans les jeux de reprise (observer en particulier les rimes du dernier quatrain et celles du premier…).

Louisa SIEFERT (1845-1877)

Rayons perdus (1869)

« En passant en chemin de fer (Pantoum) »

Discrets, furtifs et solitaires,
Où menez-vous, petits chemins ?
Vous qu'on voit, pleins de frais mystères,
Vous cachant aux regards humains.

Où menez-vous, petits chemins
Tapissés de fleurs et de mousse ?
Vous cachant aux regards humains,
Que votre ombre doit être douce !

Tapissés de fleurs et de mousse,
Abrités du froid et du vent,
Que votre ombre doit être douce
À celui qui s'en va rêvant !

Abrités du froid et du vent,
Le voyageur vous voit et passe.
À celui qui s'en va rêvant,
Peut-être ouvririez-vous l'espace ?

Le voyageur vous voit et passe,
Il se retourne en soupirant :
Peut-être ouvririez-vous l'espace
À son cœur malade et souffrant ?

Il se retourne en soupirant,
Emporté plus loin dans la vie.
À son cœur malade et souffrant
Votre silence fait envie.

Emporté plus loin dans la vie.
Le voyageur reviendra-t-il ?
Votre silence fait envie,
Ô chers petits chemins d'avril !

Le voyageur reviendra-t-il
Fouler l'herbe que l'agneau broute,
Ô chers petits chemins d'avril !
Qui l'attend au bout de sa route ?

Fouler l'herbe que l'agneau broute,
Au moins, ç'aurait été la paix.
Qui l'attend au bout de la route ?
Pourquoi fuit-il l'ombrage épais ?

Au moins, ç'aurait été la paix,
La fraîcheur sauvage et champêtre.
Pourquoi fuit-il l'ombrage épais ?
Le bonheur était là, peut-être.

La fraîcheur sauvage et champêtre,
Loin de tous les regards humains,
Le bonheur était là, peut-être.
Dans un de ces petits chemins.

Loin de tous les regards humains,
Mes rêves cachent leurs mystères.

Dans un de ces petits chemins
Discrets, furtifs et solitaires !

L'un des pantoums de Leconte de Lisle met en œuvre de manière plus immédiate les principes énoncés par Banville ; en l'occurrence, il met habilement en jeu l'opposition sémantique entre les vers 1-2 et 3-4 de chaque strophe, rapprochant ainsi amour et mort (notez, comme le précise Jacques Jouet dans son livre sur le pantoum, que le *giaour* désigne, aux yeux du Turc, l'incroyant ; quant à Mascate, c'est la capitale du sultanat d'Oman).

Charles LECONTE DE LISLE (1818-1894)

Poèmes tragiques (1877)

« Pantouns malais »

II

Voici des perles de Mascate
Pour ton beau col, ô mon amour !
Un sang frais ruisselle, écarlate,
Sur le pont du blême Giaour.

Pour ton beau col, ô mon amour
Pour ta peau ferme, lisse et brune !
Sur le pont du blême Giaour
Des yeux morts regardent la lune.

Pour ta peau ferme, lisse et brune,
J'ai conquis ce trésor charmant.
Des yeux morts regardent la lune
Farouche au fond du firmament.

J'ai conquis ce trésor charmant,
Mais est-il rien que tu n'effaces ?

Farouche au fond du firmament,
La lune reluit sur leurs faces.

Mais est-il rien que tu n'effaces ?
Tes longs yeux sont un double éclair.
La lune reluit sur leurs faces,
L'odeur du sang parfume l'air.

Tes longs yeux sont un double éclair ;
Je t'aime, étoile de ma vie !
L'odeur du sang parfume l'air,
Notre fureur est assouvie.

Je t'aime, étoile de ma vie !
Rayon de l'aube, astre du soir !
Notre fureur est assouvie
Le Giaour s'enfonce au flot noir.

Rayon de l'aube, astre du soir
Dans mon cœur ta lumière éclate !
Le Giaour s'enfonce au flot noir !
Voici des perles de Mascate.

Pour en savoir plus…

Sur le chant royal

Gérard GROS, *Le Poète, la Vierge et le Prince du Puy*, Klincksieck, 1992.

Daniel POIRION, *Le Poète et le Prince*, Paris, PUF, 1965.

Jacques ROUBAUD, *La Ballade et le chant royal*, Paris, Les Belles-Lettres, 1998.

Sur la sextine

Pierre LARTIGUE, *L'Hélice d'écrire. La sextine*, Paris, Les Belles-Lettres, 1994.

Sur le pantoum

François-René DAILLIE, *La Lune et les étoiles. Le pantoun malais*, Paris, Les Belles-Lettres, 2000.

René Étiemble, « Du "pantun" malais au "pantoum" à la française », *Quelques essais de littérature universelle*, Paris, Gallimard, 1982.

Jacques Jouet, *Échelle et papillons. Le pantoum*, Paris, Les Belles-Lettres, 1998.

Chronologie
Autour de quelques sonnettistes

1.

Le XVIe siècle

L es poètes français s'approprient le sonnet et en
fixent en quelques années la pratique française
(alternance des rimes masculines et féminines, recours
privilégié à l'alexandrin, vers 9-10 en rimes plates, deux
schémas possibles pour les rimes des quatre derniers
vers). Le sonnet devient forme partagée par la majo-
rité des poètes, et tôt mise en œuvre quasiment en
toutes circonstances et dans toutes les intentions — la
bonne question devient alors : en quel cas le sonnet
n'est-il pas approprié? Le retour en force des référents
antiques réglera le problème dans la seconde moitié
du XVIIe siècle, reléguant le sonnet au rang de «petite
forme».

1. *Joachim du Bellay (1522-1560)*

Porté par un nom célèbre en son temps, celui qui
conférait à plusieurs membres éminents de sa famille
un pouvoir important, Joachim du Bellay s'est fait

connaître en signant un ouvrage collectif qui allait marquer l'acte de naissance officiel de la Pléiade et orienter à certains égards toute la poésie française à venir : la *Défense et Illustration de la langue française* (1549). Trop tôt disparu sans doute, du Bellay joue un rôle décisif quant au statut du sonnet, qu'il ne cantonne pas au chant d'amour pétrarquisant, et dont il fait un élément essentiel de sa conception moderne de la poésie.

L'Olive (1549), premier recueil de sonnets français, s'inscrit dans une certaine tradition du sonnet d'amour, profondément revisitée — ne serait-ce que parce que s'affirme ici une ambition métaphysique. Mais le voyage en Italie (1553-1557) constitue pour lui un tournant, dont sortiront *Les Antiquités de Rome* et un poème intitulé *Le Songe* du côté de la méditation sur l'histoire, le temps et les civilisations, et *Les Regrets*, où l'on peut lire une manière d'autobiographie, où, du moins, se construit une image de soi nourrie de références poétiques (à commencer par Ovide) et cependant fortement neuve. S'y élève une voix qui fait de l'écriture le moyen de se dire, de chanter ses désirs, ses rancœurs et ses angoisses. S'y déploient donc la déploration, l'éloge mais encore la satire — le sonnet peut assumer tous les discours : ne manque encore que le sonnet strictement religieux, que d'autres poètes offriront bientôt, une vingtaine d'années plus tard.

Quelque peu éclipsé par Ronsard, y compris lorsque celui-ci est redécouvert au XIXe siècle, du Bellay ne trouve son vrai rang que dans la seconde moitié du XXe siècle (lire, par exemple, le magnifique *Tombeau de du Bellay* (1973) de Michel Deguy), qui y voit une figure de la modernité poétique, sinon le premier poète français moderne.

2. *Louise Labé (1524-1566)*

Incarnation féminine de l'humanisme lyonnais, cette fille d'un fabricant de cordes qui épousera elle-même un cordier s'impose par sa culture savante, littéraire et musicale, d'inspiration italienne. Reconnue en son temps par la société lyonnaise cultivée, elle donne dès 1555 des *Œuvres* qui resteront limitées en volume, escortées d'une préface qui, non contente d'expliciter une réflexion sur l'écriture, s'avère militante : elle revendique pour les femmes le droit au savoir. Plus que le *Débat de Folie et d'Amour,* œuvre en prose qui s'inscrit dans les disputes contemporaines sur l'amour, ce sont ses quelques poèmes (trois élégies et vingt-quatre sonnets) qui assurent sa gloire, celle d'une voix féminine qui sait radicaliser certains aspects du discours pétrarquiste pour mieux affirmer une douloureuse sensualité pleinement assumée. À côté des grandes réussites de la Pléiade en la matière, Louise Labé incarne un autre mode de perfection absolue du sonnet en ses toutes premières heures françaises.

3. *Pierre de Ronsard (1524-1585)*

Contrairement à l'œuvre de du Bellay, dont l'essentiel se joue dans l'ordre du sonnet, la poésie de Ronsard est d'une tout autre ampleur et sait traverser les genres. C'est aussi que cet homme de noble extraction, destiné à la diplomatie et au métier des armes, aura un destin bien différent — marqué d'abord par la surdité. Tôt convaincu d'une vocation d'écrivain, qu'il nourrit pour commencer aux meilleures références antiques, Ronsard sait rapidement acquérir le statut de poète de la cour et du roi, redéfinissant le «contrat» qui unit grands et poètes, les premiers soutenant les seconds, qui ont pour fonction première de les louer. Toute une part de la poésie de Ronsard découle de ce statut, y compris *La Franciade* (1572), son poème héroïque — qui fut un échec. Il touche à quasiment tous les genres poétiques (odes, hymnes...), cultivant le sonnet avec une constance particulière puisque ses recueils d'*Amours* s'écrivent sur plus de vingt ans; il faut se garder d'en donner une lecture autobiographique et ne pas oublier qu'il s'agit chaque fois d'écrire un livre de poèmes d'amour, d'abord clairement dans le sillage de Pétrarque et du néoplatonisme — avant de trouver d'autres accents. D'un recueil à l'autre, le ton et les accents changent, le travail sur le mètre, les rythmes, les tons s'affine, non sans que coexistent encore d'autres formes, à commencer par la chanson. Toute une pratique du sonnet découle des *Amours* de Ronsard, celle de Desportes au premier chef.

4. *Marc Papillon de Lasphrise (1555-1599)*

Ce pourrait être une figure de roman : un cadet de Touraine, adepte des coups de main, qui combat les huguenots durant vingt ans, accumule les aventures militaires — et sentimentales, jusqu'au culte du désordre et de la provocation : ses vers chantent les tendres (et concrètes) relations qu'il aimerait approfondir avec une religieuse ou avec sa propre nièce. Poète marginal, assurément (et redécouvert voici quelques décennies), il ne mériterait sans doute pas les quelques lignes que nous lui consacrons, n'était l'extraordinaire inventivité dont il fait preuve à l'endroit du sonnet, qu'il ne cesse de retravailler, d'explorer, de porter à ses limites

— une puissance baroque, qui se donne le sonnet comme lieu d'exercice. « S'il célébra ses maîtresses, il ne les chanta pas de loin. Il se mit franchement au sonnet avec elles comme au lit et leur fit vaillamment l'amour, sans pétrarquiser, de toutes les façons possibles en langue française » (Jacques Roubaud).

2.

Le XIXe siècle

Certains des premiers romantiques français reviennent timidement au sonnet, qui finit par s'imposer dans la seconde moitié du siècle comme une forme creuset de toutes les expérimentations poétiques.

1. *Gérard de Nerval (1808-1855)*

Orphelin de mère, fils d'un médecin militaire, il se fait connaître par sa traduction du *Faust* de Goethe (1829) et par des poésies qui l'inscrivent dans la mouvance romantique. Toujours en quête d'un ailleurs, il entreprend de nombreux voyages (en Italie, en Allemagne, en Égypte et au Liban…) et se fait journaliste. Il peine à mener à bien ses projets littéraires, taraudé qu'il est par une exigence radicale, qui souvent l'empêche d'achever ses œuvres. Plutôt que ses tentatives au théâtre, ce sont les nouvelles des *Filles du feu* et le recueil poétique des *Chimères*, en 1854, avant *Aurélia*, qui fixent dans les dernières années de sa vie toute son œuvre. Assailli depuis le début des années 1840 par des crises de folie, finalement pauvre et marginalisé, il se suicide.

L'étrangeté et la perfection formelle des sonnets des *Chimères*, mais aussi le «surnaturalisme» d'*Aurélia* le font admirer de Baudelaire et, plus tard, des surréalistes (André Breton en fait un écrivain de référence). Ses sonnets constituent des réussites absolues, d'une étrangeté envoûtante, et qui marquèrent toute la seconde moitié du siècle.

2. *Théodore de Banville (1823-1891)*

Un peu oublié aujourd'hui en tant que poète en dépit des *Exilés* (1867) et des *Princesses* (1874, un recueil de sonnets) notamment, plus encore comme prosateur et comme dramaturge, il s'est imposé surtout comme celui qui, dans la seconde moitié du XIXe siècle, a nourri l'ambition de repenser les formes poétiques et de les codifier, fixant une sorte de «classicisme» moderne. Certes, Baudelaire a salué son lyrisme, son sens de l'éclat et de l'ornement, et Mallarmé a marqué du respect pour cet homme dont le salon fut un lieu important de la vie littéraire parisienne; mais il est fort critiqué dès la fin du siècle pour avoir représenté une «autorité» enfermée dans des exigences formelles finalement mal pensées (la primauté qu'il donne à la rime dans la conception du vers qu'il promeut le déconsidère aux yeux de certains de ses contemporains et surtout de ses successeurs). Surtout, il a constitué une transition entre le romantisme et les parnassiens, sachant allier à une culture classique reconnue un goût des formes poétiques retravaillées à l'aune de principes renouvelés. Enfin, il a ouvert la voie, sans l'avoir voulu, à ce que sera la poésie décadente à la toute fin du siècle.

3. Stéphane Mallarmé (1842-1898)

Parisien, un temps professeur d'anglais (il traduira Edgar Poe), il anime des après-midi littéraires qui seront fameux. Mallarmé est tout à la fois prosateur (poèmes en prose, critique et théorie littéraire) et poète, un poète d'abord profondément marqué par Baudelaire, puis un parnassien ; toujours hanté par le souci de la perfection formelle et par l'anxiété de la page blanche, du vide, il nourrit le projet d'un « Livre » qui soit une sorte d'absolu. *Un coup de dés jamais n'abolira le hasard*, sa dernière grande œuvre, dit cette exigence à sa manière : ce poème fait de la page le lieu d'une recherche plastique fondée sur un usage neuf de la typographie.

Toute l'histoire du sonnet au XIXe siècle repasse par Mallarmé, et dans l'œuvre de Mallarmé. Il commence par produire des sonnets assez libres avant de s'inspirer du modèle shakespearien (mais en ne respectant pas l'aspect ni la conception du sonnet selon Shakespeare, qui est tout d'un bloc : Mallarmé, lui, y insère des lignes blanches, conformément à la tradition française depuis le XVIIe siècle). Puis il revient au modèle recommandé par Banville avant de remettre en cause ce bel ordonnancement par des césures qui vont jusqu'à intervenir au milieu d'un mot. Le *Coup de dés* est aussi une mise à mort de toutes les formes poétiques traditionnelles. Quelque chose de l'histoire du sonnet français s'achève en ce sens avec Mallarmé — et toute la poésie du XXe siècle s'écrit par rapport à lui, à son culte de l'Infini et de l'idéal du Livre.

3.

Le xxᵉ siècle

1. *Jean Cassou (1897-1986)*

Baigné d'une culture espagnole (il traduira Cervantès) liée aux origines andalouses de sa mère, il a consacré une part de son œuvre à des essais sur des peintres et des écrivains espagnols. S'il fut historien de l'art et critique artistique, ce conservateur en chef au musée d'Art moderne de Paris (1945) développa une œuvre romanesque digne d'attention et se révéla un grand défenseur de la poésie. Ses *Trente-trois sonnets composés au secret* (1944) constituent assurément l'une des œuvres poétiques majeures nées de la Résistance et une pièce importante dans l'histoire du sonnet en France.

2. *Raymond Queneau (1903-1976)*

Né au Havre, il vint tôt à Paris et, après des débuts difficiles, il finit par s'imposer comme une figure essentielle du monde de l'édition de l'après-guerre — et comme un écrivain majeur, d'une culture extrêmement large et très ouverte, qui sait faire une part importante aux sciences, à la philosophie et à la mathématique. Longtemps mal comprise, son œuvre fictionnelle en prose (*Pierrot mon ami, Loin de Rueil, Zazie dans le métro, Les Fleurs bleues*), qui souvent ruine toute illusion romanesque, s'est construite sur des exigences formelles alors nouvelles mais aussi, pour certains romans, sur la volonté de transcrire phonétiquement la langue parlée, une oralité qui garde la langue vive. Ses *Exercices de style*

(1947) manifestent toute l'attention qu'il porte au langage. Son œuvre poétique, très libre, est en même temps placée sous le signe de formes classiques retrouvées, de genres depuis longtemps délaissés. En ce sens, il crée un comique profondément original et réaffirme son attachement à l'histoire de la langue et des formes. Il est cofondateur de l'Ouvroir de Littérature Potentielle (Oulipo) en 1960.

En dehors du fait que son œuvre poétique comporte un certain nombre de sonnets (et cela assez tôt, à une époque où le recours au sonnet est fortement décrié), Queneau compose également les *Cent mille milliards de poèmes* (1961) qui, sur la base de dix sonnets pensés selon des contraintes spécifiques, constituent la première œuvre combinatoire.

3. *Jacques Roubaud (né en 1932)*

Mathématicien et compositeur de poèmes, membre de l'Oulipo, il est l'auteur d'une œuvre considérable, tôt pensée comme un ensemble, en dépit des divers aspects qui la caractérisent : nombreux livres de poèmes, œuvre de mémoire en prose, proses romanesques, ouvrages de caractère historique et théorique (sur l'alexandrin, sur le rythme, mais aussi sur les troubadours).

Il est assurément l'un des meilleurs connaisseurs du sonnet français (il a donné, avec *Soleil du soleil*, une anthologie du sonnet dans la France des XVIe et XVIIe siècles, puis réalisé une anthologie du sonnet français du début du XIXe siècle à nos jours) et il en a composé un très grand nombre, non sans avoir entendu la leçon de grands sonnettistes étrangers comme Hopkins. De ce point de vue, il est l'un des seuls poètes contemporains à pouvoir retravailler Pétrarque (*Tombeaux de Pétrarque*), penser la forme du sonnet dans son histoire, et produire des livres de sonnets d'une forte originalité, à commencer par ∈, c'est-à-dire : signe d'appartenance (1967). Plus encore, la forme du sonnet est, avec la sextine mais aussi avec le modèle du roman médiéval, l'une des structures sur le fondement desquelles est pensée toute son œuvre, dont la poésie est la visée profonde.

Éléments pour une
fiche de lecture

Regarder le tableau

- Ce tableau semble bien mystérieux : expliquez ce que vous jugez intrigant.
- Quelles couleurs dominent ? D'où viennent-elles ?
- Combien de plans composent ce tableau ? Décrivez ce qui importe le plus dans chacun d'eux.

L'antithèse

- L'antithèse est l'une des figures majeures d'une conception de l'amour marquée par l'influence de Pétrarque. Observez le sonnet VIII de Louise Labé (p. 27) : les réseaux sémantiques sur lesquels se fonde l'antithèse ; la manière dont la mise en œuvre du mètre, le décasyllabe (généralement coupé 4/6), permet de renforcer l'antithèse.
- Cherchez dans l'anthologie d'autres sonnets du XVIe siècle marqués, voire structurés par l'antithèse.

L'alexandrin

- Choisissez deux sonnets en alexandrins, l'un du XVIe siècle et l'autre du XIXe siècle : repérez la coupe de chaque alexandrin et commentez l'effet qu'elle produit dans les vers les plus importants — notamment en observant la place des mots et leurs sonorités.

Des rimes inattendues

• Certains auteurs de sonnets, au lieu de recourir aux cinq rimes attendues, préfèrent en limiter le nombre pour créer des effets particuliers. Étudiez de ce point de vue un ou plusieurs des sonnets suivants :
   — le sonnet V du recueil *Sur la mort de Marie* de Ronsard (p. 35) ;
   — « Le Sonnet » de Théophile Gautier (p. 88) ;
   — « Keepsake » d'Albert Samain (p. 117).

L'effet de boucle

• Certains sonnets s'achèvent en renvoyant à leur début. Ainsi du sonnet II de Sponde (p. 50), ou du sonnet XIX des *Amours* de Ronsard (p. 26), où la chute du poème est renforcée par cet effet de boucle. Ou encore de « Luxures » de Verlaine (p. 104). Analysez la mise en œuvre de cet effet et ses conséquences à partir des exemples proposés.

La chute du sonnet

• Bien des sonnets cultivent la chute qui va assurer leur réussite. Observez plusieurs sonnets de ce point de vue :
   — des sonnets qui ménagent un véritable effet de surprise (par exemple) : comment intervient-il et comment est-il, malgré tout, préparé ?

— des sonnets qui, en leur dernier vers, repoussent le mot le plus important jusqu'aux dernières syllabes : par exemple dans le sonnet VI des *Regrets* de du Bellay (p. 29) ou dans le sonnet CI d'Hesteau de Nuysement (p. 37 — observez au passage, dans les trois derniers vers, la répétition de « seul » et la place respective de ses différentes occurrences).

Humour et ironie

• Certains sonnets entendent faire rire. Comment leurs auteurs s'y prennent-ils ? Relisez de près « Dans la clairière » de Charles Cros (p. 94) ou « Une grande douleur » de Soulary (p. 97), par exemple.

Variations sur le sommeil

• Plusieurs sonnets d'amour mettent en œuvre la thématique du sommeil, de Théophile de Viau (p. 59) à Grécourt (p. 71). Comparez-les.

Les sonnets sur le sonnet

• Rapprochez tous les sonnets de l'anthologie qui ont pour thème, principal ou non, le sonnet lui-même — il s'en est écrit un très grand nombre, au XIXe siècle notamment. Quelle(s) images(s) de la forme du sonnet ces poèmes proposent-ils ?

Atelier d'écriture

• Saint-Amant a délibérément laissé inachevé l'un de ses poèmes, un « grotesque sonnet » (p. 62). Ne résistez pas au plaisir de lui trouver un dernier vers (attention à la rime !).

Sujets d'études ou d'exposés

- On travaillera sur le sonnet de Jacques Darras (p. 137) :
  — recherche dans le dictionnaire : pourquoi le personnage du sonnet déguste-t-il du merlan (la solution est offerte indirectement par la rime du vers 14…) ;
  — renseignez-vous sur le «langage cuit» cher à Robert Desnos;
  — repérez, aux vers 7-8, la citation d'Apollinaire (et commentez-la !) ;
  — observez et commentez l'usage des tirets dans ce poème.
- Relisez les passages du *Petit traité de poésie française* de Banville reproduits pages 195 et 196 concernant le recours à la métaphore de la comédie pour penser le sonnet. Vous paraît-elle pertinente ?
- Saisissez l'occasion pour relire la scène 2 de l'acte I du *Misanthrope* de Molière, la fameuse scène où Oronte présente à Alceste son poème : «*Sonnet...* C'est un sonnet» (vers 305). Puis retournez voir le poème de Corbière intitulé «Sonnet avec la manière de s'en servir» (p. 89), du côté du premier tercet...

Collège

Lycée

NOTES

Composition Interligne
Impression Novoprint
à Barcelone, le 2 juin 2005
Dépôt légal : juin 2005
ISBN 2-07-030682-8/Imprimé en Espagne.

Achevé d'imprimer ...

Premier dépôt légal ... 1976. N° 2112
Dépôt légal : ... 1976. N° 2112
ISBN 2070306828 Imprimé en France